Diogenes Taschenbuch 21990

Robert van Gulik

Der geschenkte Tag

*Ein Amsterdamer
Kriminalroman*

*Mit einem Nachwort von
Janwillem van de Wetering
und 7 Illustrationen
des Autors*

*Deutsch von
Klaus Schomburg*

Diogenes

Titel der 1964 bei
Dennis McMillan, San Antonio, Texas
erschienenen Originalausgabe:
›The Given Day‹
Copyright © 1984 by Dennis McMillan
Copyright © 1983 by Janwillem van de Wetering
für das Nachwort
Umschlagzeichnung von
Hans Traxler

Deutsche Erstausgabe

Alle deutschen Rechte vorbehalten
Copyright © 1991
Diogenes Verlag AG Zürich
200/91/43/1
ISBN 3 257 21990 3

Inhalt

Die falsche Adresse 7
Durch einen Schleier aus Glas 38
Der Schnee auf dem Fudschijama 67
Die Sandalen des Scheichs 81
Feuerwerk auf dem Kanal 97
Janus auf der Treppe 114
Rendezvous auf dem Dam 135

Anmerkungen 145
Nachwort 147

Die falsche Adresse

»Hier sind die Brücken anders, Lina. Drüben gab es auch Brücken und in der Stadt sogar Kanäle. Aber hier in Amsterdam ist eine Brücke über einen Kanal etwas anderes. Sie verändern sich, die Kanäle und die Brücken, weißt du. Sie verändern sich mit der Tageszeit und mit der Jahreszeit.«

»Und mit deiner Stimmung, vermutlich«, sagt sie ruhig. Sie schiebt eine Locke ihres rabenschwarzen Haares unter den engsitzenden roten Hut, der vom Sprühregen naß ist. Denn der Winter dauert an. Wir hatten einen weißen Januar, und der Februar ist naß: naß und kalt. Sie stützt ihre Ellbogen auf das eiserne Brückengeländer und blickt den alten Kanal entlang, der von kahlen Winterbäumen und nackten Laternenpfählen gesäumt wird und von den Giebelfronten der hohen schmalen Häuser, die die Abenddämmerung einhüllt. Die wenigen Leute, die auf den Beinen sind, hasten mit gesenkten Köpfen dicht an den Häusern entlang.

Plötzlich richtet sie ihre großen schwarzen Augen auf mich und sagt nachdenklich:

»Seltsam, daß seit unserer Ankunft erst sechs Wochen vergangen sind. Es kommt mir viel länger vor. Es könnte schon seit Monaten so nieseln. Ich kann mir nicht vorstellen, daß wir auf Java, wenn wir während des Monsuns auf der vorderen Veranda saßen, durch den dichten strömenden Regen den Garten nicht sehen konnten. Erinnerst du dich, daß wir...« Ihre Stimme verliert sich.

Ich erinnere mich. Obwohl es jetzt länger her ist als sechs Wochen – nämlich viele Jahre. Ich erinnere mich an die Regentage und an die Tage brennender Sonne. Ich erinnere mich an die ersten Tage und an die letzten – besonders an die ersten und letzten. Auch an die vielen Tage und Nächte der Jahre und Monate, die dazwischen lagen. Ich erinnere mich, weil ich sie sorgfältig rekonstruiert habe, die Tage und Nächte der Vergangenheit, einen nach dem andern und in aller Muße. Deshalb kann ich, ohne das geringste Detail zu vergessen, auf der Brücke stehen und Erinnerungen austauschen mit der Frau neben mir, die tot ist.

Nun seufzt sie und sagt wehmütig:

»Ich liebe diese alten, ehrwürdigen Häuser mit ihren Treppengiebeln und ihren hohen Türstufen mit den malerischen Eisengeländern. Sieh nur, manche Häuser scheinen sich nach vorn und beinahe zärtlich zum Kanal hin zu neigen. Warum sollten wir zurückgehen?«

Ich weiß, was ich antwortete.

»Du hast nie hierher gehört, Linette«, sagte ich, »und ich gehöre ebenfalls nicht hierher. Nicht mehr. Meine Eltern sind tot, meine Verwandten und meine alten Freunde sind gestorben oder weggegangen. Es gibt nur noch uns beide. Und wir werden drüben glücklich sein, Liebste.«

Hast du in dem Moment gefröstelt? Ich weiß es nicht. Aber ich erinnere mich, daß du deine Schulter fest an meine drücktest, auf der Brücke über dem Kanal; ein einsames Paar im Februarregen, in der Abenddämmerung.

»Laß uns nicht dorthin zurückkehren«, sagtest du. »Laß uns hier in Amsterdam bleiben, in deiner eigenen Stadt. Du weißt so gut über die Gesetze und all das Bescheid, daß du auch hier deinen Lebensunterhalt verdienen könntest, oder? Warum nach Java zurückkehren, das ich zu hassen begonnen habe und wo Effie... wo Effie starb?«

»Und warum solltest du in Amsterdam bleiben wollen, wo ich Effie den Hof gemacht und wo ich sie geliebt habe?«

Warum sagt man so etwas zu der Frau, die man liebt? Warum sagte ich Dinge, die zuerst Effie in den frühen Jahren und dann Lina in den späteren verletzten? Warum sagte ich sie zu den Frauen, die ich liebte und die nun tot sind? Ich versuche, an meiner Zigarette zu ziehen, aber sie ist naß geworden. Ich werfe den Stummel in das dunkle Wasser des Kanals, dann ziehe ich die nach unten geneigte Krempe meines schwarzen Filzhutes tiefer und stelle den Kragen meines Regenmantels hoch. Es ist noch nicht dunkel, mein Nacht-Leben sollte noch nicht beginnen. Lina sollte nicht da sein, noch nicht; auch Effie nicht. Aber vielleicht kommt Effie heute so früh, weil es der achtundzwanzigste Februar ist, der letzte Tag eines kalten und nassen trostlosen Februar. Denn es war an diesem Tag, vor so vielen Jahren, daß ich Effie sagte, ich liebe sie. Als ich sie nach Hause brachte, blieb ich unter einer Straßenlaterne stehen und sagte es ihr. Sie blickte rasch nach rechts und nach links, und dann küßte sie mich, und unsere Wangen waren kalt und naß vom Regen, und ihre Lippen waren feucht und warm. Ja, es war ungefähr sechs Uhr, und es waren keine Leute unterwegs, sonst hätte sie mich nicht geküßt unter der Laterne. Die Uhr am Mansardengiebel zeigt an, daß es jetzt fünf vor sechs ist. Nur noch eine Stunde hinter mich zu bringen: eine Stunde, in der ich das Gleichgewicht zwischen dem Tag-Leben und dem Nacht-Leben wieder herstellen muß. Denn um sieben werde ich im Klub sein und mit meinen drei Freunden zu Abend essen; und dann bin ich in Sicherheit. An dem gemütlichen Ecktisch am Kamin werden wir zusammen essen. Nur noch eine Stunde hinter mich zu bringen. Ein Drink wird mir dabei vielleicht helfen.

Ich überquere die gewölbte Brücke und stoße einen Fluch aus, als ich auf den glitschigen Pflastersteinen beinahe meinen Halt verliere. Ich spähe durch den Nieselregen und sehe einen rötlichen Schein über einer Tür weiter hinten in der Straße: das Schild einer Bar.

Es ist eine altmodische Kneipe, sehr klein und sehr warm. Darin riecht es, wie es riechen sollte, nach unverdünntem Schiedamer, feuchten Kleidern, Tabak und Sägespänen. Acht Männer stehen an der hohen Theke aus blankgeputztem Holz dichtgedrängt nebeneinander. Es gibt keine Stühle, denn man kommt nicht hierher, um zu sitzen. Man kommt, um zu trinken, weil man es braucht, so wie ich es jetzt brauche. Ich habe einen Schleier vor den Augen, und mein Herz pocht gegen meine Rippen, wie immer an den schlechten Tagen: an den Tagen, an denen ich fürchte, die Kontrolle über die Vergangenheit zu verlieren, und an denen sich meine Gedanken in verzweifeltem Zickzack oder in hoffnungslos sentimentalen Kreisen bewegen. Ich finde Platz zwischen einem marineblauen Ellbogen und einem Ellbogen in abgetragenem Tweed.

Die massige, behaarte Hand des Wirts schiebt mir ein Stielglas hin. Während er das Glas neben dem marineblauen Ellbogen nachfüllt, fragt er mit polternder Stimme:

»Warum sollte der heutige Tag anders sein? Für mich ist er gleich wie jeder andere.«

»Weil der morgige Geld bedeutet«, sagt der Marineblaue mit hoher, piepsiger Stimme. »Einen Tag Extra-Geld. Für mich.«

Der Wirt grunzt. »Alten oder jungen?« fragt er mich.

»Alten Schiedamer.«

»Für mich bedeutet es nur einen Tag Extra-Arbeit«, brummt der Tweedellbogen, »da ich monatlich bezahlt werde. Noch mal dasselbe, Jan!«

»Du solltest dich nicht beklagen«, sagt der Wirt mißmutig zu ihm. »Für die Stadt arbeiten heißt ein sicheres Einkommen haben. Und eine fette Pension, wenn man sich zur Ruhe setzt.«

»Wenn du dich zur Ruhe setzt, Jan«, meint der Marineblaue mit seiner hohen Stimme, »kaufst du dir ein richtiges Haus im Reiche-Leute-Viertel!« Er bricht in ein gackerndes Gelächter aus.

Die Wärme des starken Alkohols breitet sich langsam in meinen kalten Gliedern aus. Ich beginne bereits, mich besser zu fühlen, und ich wage es, mein Blickfeld zu erweitern. Nachdem ich den Kopf gehoben habe, sehe ich, daß der Wirt ein Riese von einem Mann ist, eingeklemmt zwischen der Theke und dem hohen Schrank mit glänzenden Flaschen hinter seinem breiten Rücken. Er hat ein rundes gerötetes Gesicht mit einem herabhängenden Schnurrbart. Während er mechanisch mein leeres Glas wieder füllt, wirft er dem Marineblauen einen bösen Blick zu.

Jemand in der Reihe erzählt einen Witz. Ich bekomme die Pointe nicht mit, aber ich schließe mich dem allgemeinen Gelächter an und kippe mein drittes Glas hinunter. Warum sollte ich mir Sorgen machen? Führen wir nicht alle ein Doppelleben? Auf der einen Seite die tatsächliche tägliche Routine, auf der anderen das vorgestellte Leben, das wir führen sollten, oder das Leben, das wir noch führen könnten – wenn wir nur das bißchen zusätzlichen Mut aufbrächten. Und dieses zweite Leben ist wichtig, denn ihm wenden wir uns zu, wenn wir in Zweifel und Angst Beistand brauchen. Darüber hinaus habe ich einen berechtigten Anspruch auf mein zweites Leben. Ich habe ein Recht, die Vergangenheit wiederherzustellen, weil das der einzige Weg ist zu beweisen, daß ich kein Mörder bin. Wie könnte ich ein Mörder sein? Ich, der ich Gewalttätigkeit und Grausamkeit verabscheue, ja hasse? Effie ist gestorben, und die kleine Bubu ist gestorben, und Lina ist gestorben, aber ich habe nur Fehler gemacht. Und ich versuche, diese Fehler wiedergutzumachen. Des Nachts.

Tagsüber bin ich ein gesetzter ehemaliger Kolonialbeamter, der ein ruhiges, wohlgeordnetes Leben führt. Tagsüber bin ich Buchhalter im *Bijenkorf,* dem Warenhaus. In meinem kleinen, von Glaswänden umgebenen Büro schreibe ich ordentliche Zahlen in ordentlich linierte Hauptbücher: eine friedliche, besänftigende Arbeit. Denn diese Zahlen haben einen Sinn, einen klar definierten, festen Sinn. Um halb sechs gehe ich nach Hause in mein mittelmäßiges Wohnschlafzimmer und sehe die Abendzeitung durch, bis meine alte Wirtin mir auf dem Schreibtisch mein mittelmäßiges Essen serviert. Wenn sie gegangen ist und ich Messer und Gabel zur Hand nehme, beginnt das andere Leben. Manchmal sitzt mir Effie gegenüber, manchmal Lina. Nicht die kleine Bubu, natürlich, denn die ißt zuerst, mit unserem javanischen Kindermädchen. Ich sage all die Dinge, die ich hätte sagen sollen, aber nie gesagt habe, und ich lausche aufmerksam ihren Worten, denen ich früher hätte lauschen sollen. Jetzt habe ich Zeit, alle Zeit der Welt. Manchmal kommen Lina und Effie nicht, dann höre ich mir ein gutes Konzert im Radio an, oder ich lese: ernsthafte, erholsame Bücher über Philosophie oder Religion. Vor allem über Buddhismus, denn der Buddhismus lehrt, daß Leben Leiden ist. Niemals über Geschichte, denn historische Werke verursachen mir ein leeres Gefühl in der Magengrube. Sie erinnern mich daran, daß es keinen Sinn gibt, und daß es nie einen gegeben hat. Die anderen Bücher besänftigen, und sie helfen die Zeit zu vertreiben, wenn meine Besucher nicht kommen und ich allein bin. Ich kann diese Bücher auf eine unpersönliche Weise lesen, weil ihre Formulierungen nicht anwendbar sind. Vielleicht sind ihre Worte falsch, oder vielleicht sind meine Worte falsch. Beides wäre möglich. Ich bleibe vorurteilslos in diesen Dingen.

Am fünfzehnten und am letzten Tag jedes Monats gehe ich in den Klub, um dort mit meinen drei Freunden, dem Doktor, dem Rechtsanwalt und dem Journalisten, zu essen. Der Doktor ist Katholik, der Rechtsanwalt Protestant. Der Journalist ist irgend etwas dazwischen, und ich bin nichts. Ein gemeinsames Verlangen nach unverbindlichen Gesprächen über unverbindliche Themen brachte uns zusammen. Über unser gegenseitiges Privatleben wissen wir so gut wie nichts.

Lautes Gelächter schreckt mich aus meinen Gedanken. Der Wirt hat seinen dicken Finger auf das schmierige Blatt des Wandkalenders gesetzt, unter das heutige Datum des Achtundzwanzigsten. Mit betrübter Stimme spricht er:

»Und dann sagte ich zu dem ekelhaften Kerl, sieh her, du, sage ich, du kannst das Datum selbst sehen, oder?« Er nimmt seinen Finger weg. »Aber das...«

Den Rest höre ich nicht. Denn indem er seinen Finger wegnimmt, enthüllt er eine große Zahl. Die Zahl neunundzwanzig. Sie wird größer und größer vor meinen entsetzten Augen. Ich breche plötzlich in kalten Schweiß aus. Dieses Jahr ist ein Schaltjahr, und folglich hat der Februar neunundzwanzig Tage. Ausgerechnet heute abend werde ich nicht im Klub essen. Ich werde allein sein. Allein mit der Vergangenheit, die außer Kontrolle gerät.

Mein Magen hebt sich in panischer Angst. Mir darf nicht schlecht werden hier in dieser Kneipe, ich muß nach draußen, rasch. Es gelingt mir, den Wirt zu fragen, was ich ihm schulde, und ich bezahle. Das letzte, was ich sehe, während ich fliehe, ist, daß sich die Lücke zwischen dem marineblauen Ellbogen und dem Ellbogen in Tweed wieder geschlossen hat. Ich bin ausgesperrt.

Der kalte Wind schlägt mir ins heiße Gesicht. Es hat zu regnen aufgehört, und es sind jetzt viele Leute unterwegs, alle in Eile mit gesenkten Köpfen. Ich senke ebenfalls den Kopf und haste davon. Und ich ziehe meine Hutkrempe tief in die Stirn. Gewöhnlich sieht mich niemand genauer an: ein großer dünner Mann mit grauen Schläfen, grauen Augen und einem kleinen grauen Schnurrbart – alles grau, ein neutrales Grau. Aber an meinen schlechten Tagen muß ich vorsichtig sein, denn dann beginne ich, laut zu denken, und mein Gesicht wird von einer langen roten Narbe entstellt, mitten auf der Stirn, wohin mich ein japanischer Gefängniswärter mit seinem Gewehrkolben geschlagen hat, nur ein bißchen zu fest. Die anderen Narben spielen keine Rolle. Sie sind auf meinem Rücken, meinen Armen und Beinen, und man sieht sie nicht.

Von Zeit zu Zeit blicke ich auf in der Hoffnung, eine ruhige Seitenstraße zu entdecken. Aber ich sehe nichts als breite Straßen mit dichtem Verkehr, zahllosen Menschen und grellen Lichtern vor mir. Ich weiß aus langer Erfahrung, daß es nur ein Mittel gibt, meine Gedanken, die immer schneller herumwirbeln, zu bremsen. Und das ist eine nüchterne Würdigung einfacher Fakten. Das läuft etwa folgendermaßen ab. Ein netter, junger zukünftiger Kolonialbeamter hat an der Universität Leiden mit Auszeichnung sein Abschlußexamen in den Fächern Indonesisches Recht und Arabisch bestanden. Während er sich im elterlichen Haus in Amsterdam entspannt, lernt er ein hübsches, hochgewachsenes blondes Mädchen kennen, das soeben seine Prüfung in Hauswirtschaft abgelegt hat. Der Vater des jungen Mannes, ein etwas zynischer Chirurg, und seine Mutter, eine eher undefinierbare und zurückhaltende Person, akzeptieren das Mädchen, und sie verstehen sich gut mit dessen Eltern. Ihr Vater ist ein überarbeiteter, aber freundlicher Hausarzt, ihre Mutter eine schlichte, praktische Amsterdamer Hausfrau. Sein Vater schildert interessante Fälle aus seiner Klinik, ihrer berichtet von den Problemen seiner bedürftigen Patienten. Ihre Mutter lobt ein neues Rezept zum Einmachen von Gemüse, und seine Mutter hört höflich, aber ausdruckslos zu. Der junge Mann verlobt sich mit Effie, heiratet sie und nimmt sie nach Java mit.

Er wird in einer hübschen, kleinen javanischen Stadt zum Zweiten Bezirksbeamten ernannt. Die Tropen sind für beide neu, aber sie lieben die freundlichen, höflichen Einheimischen. Jeden Morgen trinken sie Kaffee auf ihrem Rasen, und der Tau an den mit Sandalen bekleideten Füßen ist kühl, und hinter ihnen, an den überhängenden Dachkanten des weißen, verschachtelten Hauses, singen die grauen Tauben in ihren Bambuskäfigen. Die

Fahrradfahrt zum Büro ist heiß und staubig, aber die Tätigkeit ist abwechslungsreich, und die Leute, mit denen man zusammenarbeitet, sind liebenswert. Die Nacht ist wieder kühl, und es finden lange Gespräche in der Intimität des gemeinsamen Moskitonetzes statt, in deren Verlauf Effie mir zuerst schüchtern, dann freimütiger, von dem einfachen, festen Glauben erzählt, in dem sie erzogen wurde. Sie zeigt mir das ledergebundene Buch, das sie verborgen gehalten hatte, zeigt es scheu, weil sie es mich hauptsächlich als eine Quelle für die Geschichtsforschung hatte bezeichnen hören. Ihr Vater hat auf das Vorsatzblatt geschrieben: ›Für unsere Eva, als Unterweisung und Trost.‹ Und ich küsse sie und teile fast ihre ruhige Gewißheit. Der Haushalt läuft reibungslos unter Effies wirkungsvoller Leitung, sie lernt die Sprache, mit Bedacht, aus einer kleinen Sammlung von Redewendungen, die sie in ihrem Schlüsselkorb bei sich trägt, und die einheimischen Bediensteten hören ihr mit respektvoller Geduld zu. Gerade als ich beginne, mich zu fragen, ob diese freundliche, ruhige Existenz alles ist, was das Leben zu bieten hat, wird Effie schwanger. Als Bubu, unsere kleine Tochter, geboren wird, erkenne ich in ihr das kräftige kleine Mädchen, das Effie gewesen sein muß, mit ihrem feinen Goldhaar und den großen, ernsten blauen Augen. Das Leben erscheint mir wieder reich und gut, und gelegentlich nagende Zweifel ersticke ich in harter Arbeit. Ich unternehme häufig ausgedehnte Inspektionsreisen in meinem Bezirk, erhebe umfangreiches soziologisches Material und schreibe die Daten am Abend bis tief in die Nacht hinein auf. Schließlich fasse ich die Ergebnisse in meinem Bericht ›Über die Abschaffung des Opiums und damit verbundene Probleme‹ zusammen. Der Bericht wird von der Regierung in Batavia gelobt und oft als der O.V.P.-Bericht zitiert. Meine Kollegen prophezeien eine rasche Beförderung. Dann ist in den Schlagzeilen von zunehmenden Spannungen in Europa die Rede, Holland wird überfallen und besetzt, und Effie und ich sprechen viel über das ferne Amsterdam, über unsere Verwandten und Freunde, und das bringt uns einander noch näher. Wir nehmen kaum von einer anderen Kriegsdrohung Notiz, viel dichter bei uns und doch so unwirklich. Und dann sind die Japaner da.

Ich blicke rasch auf, denn ich merke plötzlich, daß ich laut gedacht habe; wie immer, wenn ich an meinen schlechten Tagen diesen entscheidenden Punkt erreiche. Aber ich befinde mich jetzt in einer ziemlich ruhigen Straße, und die wenigen Leute, die unterwegs sind, haben es eilig und sind mit ihren eigenen Angelegenheiten beschäftigt. Mein Anliegen ist es, meine Verteidigung zu formulieren. Selbst der Gefangene auf der Anklagebank hat ein Recht dazu. Er hat das Recht, mildernde Umstände geltend zu machen – wie zum Beispiel die totale Verwirrung nach der japanischen Landung, die verzweifelte Hast, mit der wir unsere jämmerlich unzureichende Abwehr zu verstärken suchten, den plötzlichen Zusammenbruch der alten bewährten Beziehungen zu den Einheimischen, die offene Zerstörung und der hinterlistige Tod in meinem Bezirk. Ich mußte in meinem Militärjeep hin und her jagen, todmüde, die Augen vom Rauch der brennenden Häuser entzündet, die Ohren taub vom Dröhnen der Flugzeuge. Und da ist Lina mit ihren glühenden schwarzen Augen und den blutigen Streifen auf der Wange. Und dann noch mehr Blut, Effies nackter, verstümmelter Körper in einer Blutlache, die einen rohen Geruch ausströmt. Und Bubu. Von Bubu ist nur der kleine lockige Kopf da.

Ich bleibe stehen und übergebe mich heftig. Während ich mir den Mund abwische, sehe ich, daß ich nun ganz allein in einer verlassenen Straße bin. Außer dem Geräusch eines Autos irgendwo hinter mir ist alles ruhig. Ich schwanke auf den Füßen, aber ich schaffe es bis zur Ecke. Als ich um sie biege, trifft mich ein eiskalter Windstoß voll ins Gesicht. Automatisch presse ich mein Kinn auf die Brust. Ich muß rennen, überspringe drei Felder der Pflasterung, vier... Dann erblicke ich unmittelbar vor mir ein kleines rotes Viereck. Es ist eine Lederbörse, die im Licht der Straßenlaterne rot leuchtet. Gerade als ich mich bücke, um sie aufzuheben, höre ich weiter vorn eine Frau rufen. Ich richte mich rasch auf und stopfe die Börse in die weite Tasche meines Regenmantels. Unter der Laterne sehe ich zwei dunkelgesichtige Männer, einer groß und der andere untersetzt, in hellen Trenchcoats. Sie arbeiten sich an eine Frau in einem dunkelblauen Mantel und mit einem kleinen roten Hut heran. Soeben hat sie den einen mit ihrer großen Handtasche geschlagen, die aufgegangen ist. Sie hebt den Arm, aber der Hochgewachsene von den beiden Männern packt ihn, und sie schreit wieder auf.

Dunkle Männer kommen aus dem Unterholz, ihre weißen Kleider leuchten im Strahl meiner Scheinwerfer hell auf. Ich reiße das Steuer meines Jeeps herum, und der rechte Stoßfänger kracht in den Baum, der quer über der Straße liegt. Ein Schuß ertönt, dann der Feuerstoß eines Maschinengewehrs. »Sind Sie verletzt, mein Herr?« Eine wilde, animalische Wut peitscht durch mein Hirn. Ich laufe auf sie zu, packe den Großen an den Aufschlägen seines Trenchcoats und strecke ihn zu Boden, wie wir es bei der Armee gelernt haben. Dann wende ich mich dem Untersetzten zu. Aber seine rechte Faust schießt nach vorn, und ich verspüre einen heftigen Stoß gegen meinen Kiefer. Die Nacht ist wieder dunkel.

»Sind Sie verletzt, mein Herr?«

»Nein. Schaffen Sie den Baumstamm von der Straße, schnell. Ich muß...« Ich breche völlig verwirrt ab.

Ich spreche zu einer blauen Uniform, nicht zu der grünen unserer Kolonialarmee. Ein Amsterdamer Polizist beugt sich über mich. Und das kleine Auto hinter ihm ist weiß, nicht grün. Grün und Blau und Weiß verschmelzen, und ich schließe die Augen.

Benommen versuche ich, mir darüber klarzuwerden, wo ich bin. Dann begreife ich. Ich liege auf dem Gehweg, er drückt sich hart und kalt an meine Schulterblätter. Ein muskulöser Arm hebt mich in eine sitzende Position, und ich öffne die Augen. Ein wenig entfernt steht ein weiterer Polizist, ein stämmiger Kerl in Lederjacke. Er spricht zu der Frau mit dem roten Hut. Während ich versuche, diese verschwommenen Bilder scharf einzustellen, frage ich den Polizisten, der mich an den Schultern hält:

»Wo sind diese beiden Burschen in den Trenchcoats? Sie... sie...« Ich habe das Gesicht der Frau gesehen und starre sie in bestürztem Erstaunen an.

»Die sind entkommen. Aber machen Sie sich keine Sorgen, wir werden die Halunken schon kriegen. Das junge Fräulein hat uns eine gute Beschreibung gegeben, und mein Kollege hat sie bereits über Funk weitergeleitet.«

Ich will nicken, aber ein stechender Schmerz schießt von dem pochenden Kiefer aufwärts durch meinen Kopf. Er ist nichts, verglichen mit dem gräßlichen Schmerz, der meinen Unterleib zusammenzieht. Denn das Mädchen hat den Kopf gedreht, und das Licht der Straßenlaterne fällt nun voll auf ihr bleiches Gesicht. Es ist Lina. Die tote Lina, die zurückgekommen ist. Es sind Linas Augen, weiß und schwarz, mit den langen Wimpern, und sie hat das gleiche ovale Gesicht, den gleichen vollen, leicht verdrießlichen Mund. Ich begrabe mein Gesicht in den Händen.

»Geht es Ihnen gut?« fragt der Polizist besorgt. Ich hebe den Kopf und nicke. Er hilft mir auf die Beine. Während er mir meinen Hut gibt, sagt er: »Komisch, wir sind Ihnen eine Weile gefolgt, weil Sie wie ein Betrunkener gingen.«

»Ich habe mich nicht wohl gefühlt. Ich habe manchmal diese plötzlichen Schwindelanfälle.«

»Sie waren jedoch nicht zu schwindlig, um den Halunken zu Boden zu strecken!« sagt der Polizist vergnügt. Ich gehe zu dem anderen hinüber. Ich muß ihre Stimme hören.

»Janette Winter«, sagt der stämmige Polizist, während er den Namen in sein kleines Buch schreibt. Das Mädchen sieht mich an. Ihr Gesicht ist angespannt, ihr Blick feindlich. Die Ähnlichkeit mit Lina ist so frappierend, daß es schmerzt. Der Beamte fragt sie: »Und Sie wohnen in dieser Pension hier, ja, Abelstraat 55?«

Sie nickt. Ich sehe weg, die verlassene Straße hinunter. Sie ist nicht die Lina, wie sie ganz zum Schluß war, mit verzerrtem Gesicht, zerrissener Brust, eine Masse Blut. Sie ist die junge Lina, die ich an jenem schwülen Abend traf, lange bevor sie starb. Ich merke, daß mich der stämmige Polizist kritisch betrachtet.

»Er ist nicht verletzt?« fragt er seinen dünnen Kollegen. Als der andere seinen Kopf schüttelt, macht er mit dem Mädchen weiter: »Wo arbeiten Sie, mein Fräulein?«

»Ich bin Krankenschwester.« Sie nennt ein bekanntes Hospital. Ja, ich wußte, daß sie diese tiefe Stimme mit dem vollen Klang haben würde.

»Sie müssen morgen zur Polizeidirektion kommen, Fräulein Winter. Wir werden Ihnen ein paar Photographien zeigen, vielleicht sind die beiden Kerle darunter. Wir haben nämlich eine ganz ordentliche Sammlung. Würde Ihnen zehn Uhr passen?«

Sie nickt, zieht ihren dunkelblauen Mantel enger um sich. Der Wind hat sich gelegt, aber es liegt Frost in der stillen Luft. Wie lange war ich bewußtlos? Ungefähr zehn Minuten, schätze ich. Der Polizist sagt zu mir:

»Glück gehabt, daß Sie nicht verletzt worden sind. Diese Orientalen tragen oft Messer bei sich. Könnte ich Ihren Namen und Ihre Adresse haben?«

Ich ziehe meinen Personalausweis aus der Brusttasche und gebe ihm diesen. Es ist einfacher so. Er liest die Angaben laut vor, während er sie in sein Notizbuch überträgt: Johan Hendriks, geboren in Amsterdam am 12. März 1914, Buchhalter im Bijenkorf. Und meine Adresse und die Telefonnummer des Kaufhauses und die meiner Pension. Er gibt mir den Ausweis zurück und sagt:

»Sie werden von uns benachrichtigt, wenn wir Ihre Zeugenaussage brauchen.«

»Sie kamen genau im richtigen Moment!« Sie sagt es zu allen dreien von uns. Ihre Lippen lächeln, aber ihre Augen funkeln hart und argwöhnisch. Dann sieht sie mir voll ins Gesicht und fügt herzlich hinzu: »Vielen Dank, Herr Hendriks.«

Sie dreht sich zur Tür der Nr. 55 um. Ich lese die Beschriftung auf dem emaillierten Schild: ›Pension Jansen‹. Darunter befindet sich ein weißer Klingelknopf. Sie hebt die Hand, um auf den Knopf zu drücken, und sagt über ihre Schulter zu den beiden Polizisten und mir:

»Nochmals vielen Dank und gute Nacht!«

Der Lautsprecher im Streifenwagen beginnt zu krächzen, und der stämmige Beamte springt auf den Fahrersitz. »Mann auf der Leidsestraat von Straßenbahn angefahren!« ruft er seinem Kollegen zu.

»Könnten Sie mich bis dahin mitnehmen?« frage ich. Während ich meinen geschwollenen Kiefer betaste, füge ich hinzu: »Ich fühle mich ein bißchen wacklig.«

»Springen Sie rein«, sagt der Dünne. Wir steigen ins Auto und fahren los.

Die Sirene und der krächzende Lautsprecher machen eine Unterhaltung unmöglich, so daß ich mich auf ein kleines Detail konzentrieren kann, das mich beunruhigt. Fräulein Winter hat ihren Zeigefinger nicht auf den Klingelknopf gesetzt, sondern genau daneben. Ich bin weitsichtig und habe es deutlich gesehen. Vielleicht hat sie ihn verfehlt, weil sie nervös war. Sie war schließlich eben erst überfallen worden. Es könnte jedoch auch mit Absicht geschehen sein. Man weiß nie bei Frauen wie Lina. Mein Kopf beginnt zu pochen, meine Gedanken kreisen wieder viel zu schnell. Ich blicke auf. Wir sind an der ersten Kreuzung der Leidsestraat.

»Könnten Sie mich hier rauslassen?« frage ich.

Der Fahrer hält am Randstein. Seine Augen sind bereits auf die Menschenmenge gerichtet, die sich weiter vorn um eine stehende Straßenbahn sammelt. Der Schaffner befindet sich unter ihnen, er schwenkt die Arme, ruft Erklärungen. »Schonen Sie sich ein bißchen!« sagt der dünne Polizist zu mir. Dann ist das Auto wieder fort.

Eine kleine Gruppe von Menschen steht an der Ecke und blickt die Straße hinunter zu der stehenden Straßenbahn hin.

»Ist geradewegs hineingelaufen. War auf der Stelle tot«, sagt ein dicker Mann in einem schweren Pelzmantel. »Hab's selbst gesehen.« Dann fügt er bestürzt hinzu: »Er hat jedoch wenig Blut verloren.«

Manchmal verlieren sie viel Blut, manchmal wenig. Ich schlüpfe an den Gaffern vorbei in die Seitenstraße und betrete das erste Café, das ich sehe. Ich bahne mir einen Weg durch das überfüllte Restaurant, dessen Luft von Tabakrauch und Kaffeegeruch geschwängert ist, zu dem ruhigen Billardraum im hinteren Teil. Das grüne Tuch der beiden Billardtische leuchtet sanft unter den niedrig hängenden Lampen. Nur ein Tisch ist von zwei Männern in Hemdsärmeln besetzt. Außer ihnen ist niemand da. Ich ziehe einen Stuhl aus der dunklen Ecke beim Queue-Ständer hervor und lege meinen nassen Hut auf den Stuhl gegenüber. Der Raum ist gut geheizt, aber ich ziehe meinen Regenmantel nicht aus, denn mir ist jetzt wirklich schwindlig, und ich schwanke auf den Füßen. Mit einem Seufzer der Zufriedenheit setze ich mich hin.

Der rundliche Billardspieler mit dem pausbäckigen Gesicht murmelt einen Fluch über einen knapp verfehlten Stoß. Er setzt seinen Queue hart auf den Boden und ruft zu mir hinüber:

»Was hatte die Sirene zu bedeuten? Ein Unfall?«

»Ja«, sage ich, »ein Stück die Straße hinunter hat es einen Unfall gegeben. Aber ich habe ihn nicht gesehen.«

In jener entscheidenden Nacht hatte es tatsächlich einen Unfall gegeben. Und den Unfall habe ich gesehen, mit meinen eigenen Augen. Ich saß in dem schlecht beleuchteten, drückend heißen Barraum eines schäbigen kleinen Hotels in einem Vorort von Bandong. Ich bin hundemüde, die Uniformjacke klebt an meinem schmerzenden feuchten Rücken. Die Wanduhr zeigt Viertel nach zehn. Der malayische Barmixer macht ein gelangweiltes Gesicht, selbst das gelegentliche Dröhnen eines japanischen Flugzeugs in der Luft scheint ihn nicht zu interessieren. Ich trinke ein lauwarmes Bier, bevor ich mit meinem Jeep wieder aufbreche. Noch eine Stunde Fahrt durch die dunkle Landschaft, und ich bin zu Hause. Bubu wird natürlich schlafen, Effie ebenfalls. Auch Effie muß einen zermürbenden Tag hinter sich haben, denn sie ist bei einer mobilen Rot-Kreuz-Einheit.

Eine Schußsalve ertönt in der Ferne, irgendwo hinter dem Hotel. Ich bitte den Barmixer um Eis. Er zuckt die Achseln. Ich hätte es wissen sollen. Die Eisfabrik hat an jenem Morgen einen direkten Treffer abbekommen. Plötzlich sind draußen Schüsse zu hören. Die Drahtgittertür fliegt auf, und eine Frau mit rabenschwarzem Haar, das um ihren Kopf flattert, stürzt herein. Sie stolpert auf ihren hohen Absätzen und fällt zwischen die Stühle neben der Tür. Während sie verzweifelt aufzustehen versucht, stürmt ein barhäuptiger Soldat mit vorne offener Uniformjacke herein. Aus einer klaffenden Wunde an der Stirn strömt Blut sein verzerrtes Gesicht hinab. Er packt die Frau am Arm und hebt seinen geschwungenen Säbel, um ihr den Kopf zu spalten. Inzwischen habe ich meine Dienstpistole gezogen und schieße. Die Wucht der Kugel schleudert ihn mit dem Rücken an den Türpfosten. Während er zu Boden sinkt, kommen zwei weißbehelmte Militärpolizisten herein. Sie verschaffen sich rasch einen Überblick über die Lage, salutieren und erzählen mir dann, daß der Soldat auf der Straße mit zwei anderen wegen der Frau in eine Betrunkenenrauferei geraten sei. Er wurde niedergeschlagen und fiel mit dem Kopf auf die Kante des Randsteins. Als er aufstand, war er rasend vor Wut. Er leerte seine Pistole in seine beiden Freunde, dann verfolgte er die Frau mit dem Säbel. Es besteht keine Notwendigkeit zu langen Erklärungen oder zum Ausfüllen offizieller Papiere. Dinge wie diese passieren ständig, in der ganzen Stadt. Die beiden Männer tragen den toten Soldaten fort, und ich helfe der Frau auf die Beine. Ich lasse sie auf einem Stuhl Platz nehmen und bestelle einen Brandy für sie beim Barmixer, der hinter seiner Theke wieder zum Vorschein gekommen ist.

Sie ist jung und schön. Sie hat offensichtlich indonesisches Blut, aber sie ist weiß, kremig weiß, wie manche von ihnen sind. Sie hat eine prächtige Figur, ihr weißer Satinbüstenhalter und ihr weißer Satinslip schimmern durch das dünne Gewebe ihres geblümten Musselinkleides hindurch. Sie sieht mit großen, leuchtenden Augen zu mir auf, während sie den blutenden Kratzer auf ihrer Wange mit einem kleinen Spitzentaschentuch betupft.

Sie liest den Blick in meinen Augen mit geübter Mühelosigkeit. Sie erzählt mir, daß sie Lina heißt und daß sie in eben diesem Hotel ein Zimmer hat. All die angestaute Spannung der letzten vierundzwanzig schlaflosen Stunden konzentriert sich in einem drängenden, brennenden Verlangen nach dieser Frau. Als wir die Treppe hinaufsteigen, bemerkt sie ungezwungen:

»Ich muß Sie darauf aufmerksam machen, daß ich müde bin. Sie bekommen vielleicht nicht, was Sie erwarten.«

Ja, das war Lina. Ungezwungen. Und das Mädchen vorhin auf der Straße war ebenfalls ungezwungen. Plötzlich fühlt sich mein Kopf wie ein leerer Dom an, der weiter, höher wird. Ich beuge den Kopf rasch auf die Knie, und es gelingt mir gerade noch, nicht ohnmächtig zu werden. Mein geschwollener Kiefer tut weh. Der Kellner erscheint, und die Billardspieler bestellen Bier. Ich verlange einen schwarzen Kaffee und nachträglich eine Platte Schinkenbrote. Ich zünde mir eine Zigarette an und inhaliere gierig den Rauch. Vielleicht beruhigt das meinen Magen.

Zwei Tage später ist Effie tot, und Bubu ist tot. Sind sie begraben worden? Wahrscheinlich nicht. Ich bin im Gefangenenlager. Lina ist nicht interniert worden, weil sie geltend macht, daß sie Halbindonesierin ist. Sie gibt mir, was sie mir schuldig ist, und mehr als das. Denn sie besucht mich regelmäßig, schmuggelt japanische Zigaretten für mich ein und Vitamintabletten und Medizin. Diese Dinge brauche ich. Ich werde nämlich geprügelt und wieder und wieder unter Foltermethoden verhört infolge eines dummen Irrtums, der in jenen Tagen manch einen Mann das Leben kostet. Hendriks ist ein häufiger Name, und die japanische Militärpolizei war davon überzeugt, daß ich ein anderer Hendriks, nämlich einer unserer Geheimagenten sei, der ihnen viel Ärger bereitet hatte. Sie wollten von mir die Namen und Aufenthaltsorte anderer Agenten wissen, die sich in jener Gegend versteckt hielten. Ich konnte ihren Standpunkt recht gut verstehen. Doch obwohl ich über Nacht zum Hauptmann gemacht worden war, hatte ich nichts mit dem Geheimdienst zu tun, und ich kannte die Antworten einfach nicht. Manchmal, wenn ich die Folter nicht länger aushielt, erfand ich die Antworten. Das bedeutete einen Aufschub von ein paar Wochen, denn sie prüften meine Geschichten mit peinlicher Genauigkeit nach. Und dann folterten sie mich wieder. Aber ich überlebte. Als der Krieg vorbei war, wartete Lina am Tor des Lagers auf mich, mit einem Karton Zigaretten. Britische diesmal. Ich heiratete sie, erhielt Krankenurlaub und nahm sie nach Holland mit. Nach zwei Monaten in Amsterdam verpflichtete ich mich als Bezirksrichter, und wir gingen nach Java zurück.

Der Kellner stellt den Kaffee und die Platte mit den belegten Broten neben meinen Ellbogen. Ich stürze den heißen Kaffee hinunter. Dann mache ich mich über die Brote her und beobachte das Billardspiel. Es hat eine beruhigende Wirkung, denn die beiden Männer spielen ernsthaft und sehr gut. Besonders der Pausbäckige, der einen schönen geschmeidigen Stoß hat. Sein großer runder Kopf mit den leicht hervorstehenden Augen bewegt sich über dem grünen Tuch ruckweise auf und ab, während er sorgfältig und selbstvergessen seine langen Serien vorbereitet. Er erinnert mich an einen Goldfisch, der zwischen den grünen Wasserpflanzen in seiner kleinen Glaswelt hin und her zuckt.

Auch ich muß mich konzentrieren – und entscheiden, was größer war, meine Liebe oder mein Haß. Ich liebte Lina wegen ihrer unkontrollierten, sprunghaften Leidenschaft für mich, wegen der beinahe animalischen Wildheit ihrer kämpferischen Hingabe; wegen ihrer überschwenglichen Lebensfreude und ihrer rührenden, oft fast kindlichen Einfalt. Ich haßte sie wegen ihrer häufigen Anfälle bösartiger Launenhaftigkeit, die mich zu erniedrigenden Wutausbrüchen reizten, und ich haßte sie wegen der blinden, entwürdigenden Eifersuchtsqualen, die sie mir bereitete. Und auch, widersinnigerweise, wegen der Rolle, die sie bei der Ermordung Effies und Bubus spielte. Die Bediensteten fürchteten und verachteten Lina, sie betrachteten sie als eine der Ihren, trotz ihrer weißen Haut. Während ihrer großzügigen Stimmungen überhäufte sie sie mit Geschenken, zu anderen Zeiten war sie darauf aus, Ärger zu machen, geißelte das Personal mit ihrer Zunge, demütigte es, besonders Amat, unseren gutaussehenden Hausboy. Aber ich darf nicht vorgreifen. Ich muß mich an die richtige chronologische Ordnung halten; das ist wichtig. Es gab einen weiteren Krieg, einen merkwürdigen, unwirklichen Krieg, der als Polizeiaktion bezeichnet wurde. Die nationalistischen Rebellen sind hier und überall, die niederländische Verwaltung löst sich auf. Alte Fehden flackern wieder auf. Alte Rechnungen werden beglichen – durch einen schnellen Dolchstoß im Dunkeln, durch einen einzelnen Schuß, der aus einem leeren Haus ertönt. Die gespannte Atmosphäre ständiger Gefahr macht mich gereizt. Lina dagegen wird sehr still, sie zieht sich in eine Hülle aus Angst zurück. Als sie mir erzählt, daß sie schwanger ist, tut sie dies auf eine verdrossene, beinahe feindselige

Art. Und sie macht den Bediensteten Szenen, abscheuliche, nervenaufreibende Szenen. Aber als ich ihr vorschlage, einen sicheren Ort aufzusuchen, das Hospital in Surabaya, weigert sie sich heftig, von meiner Seite zu weichen. Und ich liebe sie wie niemals zuvor.

Kurze Zeit später, das Ende. Ich muß jetzt sehr vorsichtig sein, denn von nun an zählt jeder Augenblick, buchstäblich jede Sekunde. Ich muß mich konzentrieren. Ich lehne mich in den Stuhl zurück und vergrabe die Hände tief in den Taschen meines Regenmantels. Der Kellner huscht vorbei, und ich bestelle eine zweite Tasse Kaffee. Plötzlich schließen sich die Finger meiner rechten Hand um einen weichen Ledergegenstand. Ich ziehe eine kleine rote Geldbörse aus Saffianleder hervor.

Ich sehe sie erstaunt an, wie sie da auf meiner Handfläche liegt. Plötzlich erinnere ich mich. Es ist die Börse, die ich vom Gehweg aufgehoben habe, kurz bevor ich Jeanette Winter sah. Jeanette Winter in dem dunkelblauen Mantel und mit dem roten Hut, als sie von zwei Männern in leichten Trenchcoats angegriffen wurde.

Ich kann die Börse nicht öffnen. Lina ist noch zu nah. Ich habe nie Linas Handtasche oder Geldbörse geöffnet. Es wäre ein unbeschreibliches, schändliches Eindringen in ihre weibliche Privatsphäre gewesen, so undenkbar, wie sie in Momenten zu beobachten, in denen man eine Frau nicht beobachtet, nicht einmal seine eigene. Merkwürdig, bei Effie war es anders. Effies Tasche und Geldbörse habe ich natürlich geöffnet; jedesmal wenn ich einen Schlüssel brauchte oder Kleingeld, und ob sie anwesend war oder nicht. Ich habe mir nicht einmal Gedanken darüber gemacht. Effie auch nicht.

Ich gewinne meine Fassung wieder. Dies ist nicht die verworrene, bedrohliche Vergangenheit. Dies ist die sichere und einfache, die rettende Gegenwart. Ich muß die Börse öffnen und ihren Inhalt inspizieren, weil ich überprüfen muß, ob sie wirklich

Fräulein Winter gehört. Ein Passant kann sie verloren haben. Oder sie kann aus Fräulein Winters Handtasche geflogen sein, als sie mit ihr nach dem großen Mann schlug, der sie angriff. Die Börse muß ihrem rechtmäßigen Besitzer zurückgegeben werden. Einfach und logisch. Die Gegenwart wird mich retten.

Ich finde drei Zehnguldenscheine und einen Personalausweis. Ich setze meine Lesebrille auf. Zuerst studiere ich das Foto. Zu meinem Erstaunen sehe ich, daß es eine hervorragende Ähnlichkeit aufweist und offensichtlich ein teures Studioporträt ist. Ja, Lina würde sich nie mit billigen Schnappschüssen zufrieden geben, nicht einmal für ihren Ausweis. Ich lese die ordentliche Blockschrift, und plötzlich ist meine neu gewonnene Haltung wieder dahin. ›Eveline Vanhagen, geboren am 3. Juni 1940. Beruf: Künstlerin. Adresse: Oudegracht 88.‹

Sie erzählt also Lügen genauso leicht und natürlich wie Lina. Die Blockschrift auf dem Ausweis verschwimmt, wie alles verschwamm an jenem heißen, bedrückenden Nachmittag, an dem Lina ihre letzte Lüge erzählte. Aber war es eine Lüge? Keiner von uns beiden hatte während der Siesta geschlafen, apathisch lagen wir auf den klammen, schweißdurchnäßten Bettlaken. Lina hatte versucht, mich zu einem Streit zu reizen, wie sie es häufig tat, wenn sie nervös und ängstlich war. Meine Nerven waren so gespannt wie Violinsaiten, aber ich hatte nicht reagiert. Ich war zu müde nach dem langen Morgen in dem heißen Gerichtssaal. Nachdem wir uns geduscht hatten und lustlos für den Nachmittagstee ankleideten, erzählte sie mir plötzlich beiläufig, daß das Kind, das sie erwartete, nicht von mir sei. Der Schlag kam so unerwartet, daß ich völlig gelähmt war. Ich sagte kein Wort. Mein Schweigen schien sie zu enttäuschen, denn ich bemerkte, daß sie mich in dem Spiegel, vor dem sie sich die Haare frisierte, verstohlen ansah.

Wortlos gingen wir zur vorderen Veranda und setzten uns auf die Rattanstühle mit Blick auf den Garten. Automatisch legte ich meine Dienstpistole auf den Tisch neben meine Teetasse, wie es der Vorschrift entsprach. Denn es hatte Rebelleninfiltrationen in unserem Bezirk gegeben, und am Tag zuvor war unser militärischer Befehlshaber von einem Heckenschützen verwundet worden. Unser stiller javanischer Diener, der nach Amats Entlassung gekommen war, stellte die Silberplatte mit Kuchen vor Lina und verschwand. Jetzt muß ich alles sehr genau darstellen, denn jede Sekunde zählt. Lina nimmt einen kleinen Kuchen, lehnt sich dann in ihren Stuhl zurück und knabbert mit zufriedener Miene an dem Gebäck. Ich kann dieses heimlichtuerische, selbstzufriedene Lächeln, so kurz nach der Enthüllung, nicht ertragen und wende meine Augen ab, um in den Garten zu blicken. Die niedrigen Blütensträucher scheinen in der heißen, feuchten Luft, die über ihnen hängt, zu zittern. Ich starrte auf die Hecke, aber ich sah sie nicht wirklich. Vielleicht habe ich vage ein paar braune Blätter mit Amats Gesicht assoziiert, weil mir in jenem Sekundenbruchteil der Gedanke durch den Kopf schoß, daß sie mich belogen haben könnte, nur um mich zu reizen, so wie sie Amat gerne reizte, indem sie den anderen Bediensteten Lügen über ihn erzählte. Und vielleicht habe ich tatsächlich gedacht, daß das Ding, das plötzlich aus dem Blattwerk hervorstand, ein toter Ast war. Aber ich kann es nicht beschwören. Dann ist da noch ein anderer Punkt. Angenommen, ich hätte bewußt Amats Gesicht aufblitzen sehen und den toten Ast als das erkannt, was er wirklich war, hätte ich genügend Zeit gehabt, nach meiner Pistole zu greifen, zu zielen und zu schießen? Ich bin ein guter Schütze, aber hätte die Zeit gereicht? Ich habe die Szene unzählige Male rekonstruiert, doch dies bleibt immer ein strittiger Punkt. Nur zwei Tatsachen stehen eindeutig fest. Daß ich für einen kurzen Augenblick wünschte, sie wäre tot, und daß die Gewehrkugel sie mitten in die Brust traf. Sie starb in meinen Armen.

Ich sehe verwirrt auf das Blatt Papier in meiner zitternden

Hand. Mühsam konzentriere ich meinen Blick und lese die Kopfzeile, die unbeholfen mit den Typen einer Spielzeuggarnitur gedruckt ist: Bert Winter, Oudegracht 88. Und darunter, in einer ordentlichen, wie gedruckt wirkenden Handschrift: Liebe Eveline. Ohne es zu merken, muß ich das billige Notizpapierblatt, das in der Börse steckte, entfaltet haben. Ich klammere mich an die Gegenwart, die sichere Gegenwart, und lese weiter:

Du weißt, wie sehr ich es hasse, Dich zu belästigen, und ich bedaure, es jetzt zu tun. Besonders, da ich erst gestern zu Dir sagte, daß ich verstünde und daß es mir nichts ausmacht, wenn Du das Angebot annimmst. Aber jetzt, nach nur einem Tag und einer Nacht ohne Dich, habe ich das Gefühl, daß ich einen letzten Versuch machen muß. Und deshalb sage ich: Geh nicht. Bitte!
Dein Bert.

Plötzlich bin ich über mich selbst bestürzt. Ich hätte diese Nachricht natürlich nicht lesen sollen. Automatisch sehe ich auf das Datum, das in die linke untere Ecke gekritzelt worden ist: 26. Februar. Vorgestern. Ich nehme meine Lesebrille ab und stecke das Etui in die Brusttasche. Nun, ich habe den Brief gelesen, daran ist nichts zu ändern. Und ich möchte über Bert Winter und über Eveline nachdenken – über den vorgestrigen Tag, nicht über den Tag in dem heißen, schwülen Garten vor langer Zeit.

Bert Winter ist ein Mann, mit dem Eveline in der Oudegracht 88 zusammenlebt. Das heißt zusammengelebt hat, denn sie ist fortgegangen. Lina hat mich nicht verlassen, das muß ich zugeben. Ich habe sie verlassen.

»Ein schöner Masséstoß!« ruft der pausbäckige Billardspieler. Er beobachtet aufmerksam seinen Gegner, der die drei Bälle mit beeindruckender Präzision an der Bande hält. Auch ich war einmal gut darin. Ich liebe genaues, kontrolliertes Handeln und die genaue, auf Tatsachen basierende Argumentation, die man bei Gericht verwendet. Eveline ist eine Tatsache, sehr real, ein Mädchen in einem dunkelblauen Mantel und mit einem roten Hut. Ihr Liebhaber ist eine schattenhafte Person, bisher noch. Ich will versuchen, sie durch Schlußfolgerungen deutlicher zu machen. Er ist ein gebildeter Mann, nach seiner schmucklosen, intellektuellen Handschrift und seinem erwachsenen, kontrollierten Stil zu urteilen. Wahrscheinlich trägt er eine Brille wegen Kurzsichtigkeit, denn seine Schrift weist eine druckähnliche Präzision auf. Er kann nicht besonders gut gestellt sein, denn für diesen wichtigen Brief mußte er ein aus einem billigen Notizbuch gerissenes Blatt Papier verwenden, und Evelines Mantel schien nicht gerade neu zu sein, wenn ich es mir jetzt überlege. Berts Stil ist der Stil eines Erwachsenen, aber er muß in mancher Hinsicht noch etwas Jungenhaftes haben. Denn da ist die unbeholfene Kopfzeile – ein Versuch, sich mit geringen Kosten eine Identität zu schaffen. Eveline hat ihn verlassen, aber nicht, um in die Pension Jansen, Abelstraat 55, zu gehen. Dessen bin ich mir sicher.

Ich rufe den Kellner, zu laut. Der Billardspieler verstößt sich, und sein pausbäckiger Gegner wirft mir einen vorwurfsvollen Blick zu. Da es mir aufrichtig leid tut, gebe ich dem Kellner ein zu großes Trinkgeld, dann verlasse ich das Lokal.

Eine laute wimmelnde Menge ist auf der abendlichen Straße unterwegs. Jeder von diesen Menschen muß ein Ziel haben. Und ich habe jetzt ebenfalls ein Ziel. Ich gehe zu dem Taxistand an der Ecke.

»Oudegracht 88, bitte«, sage ich zum Fahrer.

Er startet den Motor und ordnet sich geschickt in den Verkehrsstrom ein. Er fährt wirklich sehr gut, und ich lehne mich zurück und beobachte ihn mit Vergnügen dabei. Ich liebe präzise manuelle Geschicklichkeit. Deshalb liebe ich es, Billard zu spielen, Federzeichnungen anzufertigen und auf Übungsscheiben zu schießen. Geistige Präzision liebe ich ebenfalls: kaltes, unpersönliches intellektuelles Argumentieren. Aus diesem Grund habe ich die Arbeit als Buchhalter angenommen, die ich nicht brauche, denn meine Pension reicht für meine bescheidenen Ansprüche völlig aus. Mein emotionales Leben ist so hoffnungslos durcheinander, daß ich mich an konkrete Dinge klammere, um einen Halt zu gewinnen. Das spiegelt sich auch in meiner Abneigung wider, mich von einem betagten, klapprigen Auto, von einer alten Pistole, von einem abgetragenen Anzug oder Hut zu trennen. Denn diese alten, vertrauten Gegenstände helfen mir, indem sie mir eine Stütze bieten, die ich so verzweifelt brauche. Schrecke ich aus dem gleichen Grund auch davor zurück, meiner eigenen schattenhaften Existenz ein Ende zu setzen, woran ich in den vergangenen Jahren in meiner Pension hier in Amsterdam gelegentlich gedacht habe? Weil ich Angst habe, daß ich mit meinem Körper noch etwas anderes verliere...?

Mechanisch taste ich in meiner Seitentasche. Das winzige Röhrchen ist noch da. Es ist da, seit ich es von meinem Freund, dem Militärarzt, bekommen habe, als die Japaner immer näher rückten. »Sei vorsichtig mit diesen Tabletten«, sagte er. »Eine stillt den Schmerz, zwei garantieren einen friedlichen Schlaf. Der Rest läßt dich so fest einschlafen, daß du nie wieder aufwachst.«

Er starb irgendwo im Dschungel, vor Hunger, heißt es. Ich frage mich oft, ob er selbst auch ein Röhrchen mit diesen Tabletten bei sich hatte.

Das bildhafte Fluchen meines Fahrers bringt mich in die Gegenwart zurück. Wir bewegen uns langsam durch eine schmale Kanalstraße. Zwei Autos könnten auf dem gepflasterten Raum zwischen den hohen, unregelmäßigen Bordsteinen und dem ungesicherten Rand des dunklen Kanals kaum aneinander vorbeikommen. Ein kleines Stück weiter vorn steht ein schwarzer Lieferwagen, ein bis zwei Meter vom Wasserrand entfernt.

»Da ist Ihre Nummer 88«, murmelt der Fahrer. Während er mich über seine Schulter ansieht, fügt er hinzu: »Ich muß den ganzen Weg bis zur Ecke wieder zurücksetzen. Sehen Sie den Lieferwagen, den irgend so ein verdammter Narr dort abgestellt hat?«

Er fährt davon, geräuschvoll den Gang wechselnd, trotz des Trinkgelds, das ich ihm gegeben habe.

Ich befinde mich in einem der ältesten Teile der Stadt, in der Nähe der Amstel. Die schmutzigen Häuser mit ihren Giebeldächern sind dunkel, das einzige Licht kommt von einer Reihe altmodischer eiserner Laternenpfähle, die in regelmäßigen Abständen am Kanalrand stehen. Nr. 86 ist eine altertümliche Apotheke. Über der Tür hängt der hölzerne Kopf eines Türken mit Turban, sein weit geöffneter Mund zeigt eine lange rote Zunge. Es ist ein sogenannter Gaffer, das traditionelle Ladenschild des Apothekers, aber es beunruhigt mich irgendwie. Die großen schwarzen Augen scheinen mich mit einem obszönen Seitenblick anzusehen. Rasch steige ich die fünf Steinstufen hinauf, die zu der hohen Tür der Nr. 88 führen. Die grüne Farbe überall um den kupfernen Klopfer herum, der die Form eines Löwenkopfes hat, ist abgeblättert. Ich nehme mein Feuerzeug heraus und überfliege die Namen der Bewohner unter dem Klingelknopf am Türpfosten. Im Erdgeschoß ist die Firma Niva, Import-Export. Das ist ein vertrauter Name, auf Java gab es eine große Organisation der Zuckerindustrie dieses Namens. Im ersten Stock wohnen ein Herrenschneider und ein Maler. Im zweiten drei Chemiestudenten. Ihre Namen sind auf schmutzige Visitenkarten gekritzelt. Keiner von ihnen heißt Bert Winter. Ich drehe mich um und starre auf den dunklen Kanal. Ein kleines Motorboot der Wasserpolizei tuckert die Amstel entlang. Sein unheimliches Kabinendachlicht erinnert mich an Charons Fähre. Endet dieser Ausflug in die Gegenwart in einer Sackgasse? In plötzlich aufwallender Angst wird mir klar, wie zerbrechlich die Verbindung ist. Da schießt mir der Gedanke durch den Kopf, daß es ein Kellergeschoß geben muß.

Rasch steige ich wieder auf die Straße hinab. Ja, unterhalb der Steinstufen führt eine schmale Treppe abwärts zu einer braunen Tür. Neugierig werfe ich einen Blick auf die gedruckte Karte, die hinter dem Glas des Spions steckt. Darauf steht: Bert Winter, Magister der Rechtswissenschaft. Das stimmt mit meiner Vorstellung von Bert überein. Ein Student. Ich blicke auf die beiden Fenster, die halb unter dem Straßenniveau liegen. Unter den schweren Vorhängen ist ein Lichtstreifen zu sehen. Entschlossen drücke ich auf den Klingelknopf.

Die Tür öffnet sich beinahe augenblicklich. Herr Winter hat offenbar das Taxi gehört und hinter der Tür gestanden. Er erwartet einen Besucher.

Er ist größer als ich, breit in den Schultern, schmale Taille. Er hat ziemlich langes gelocktes Haar, aber ich kann sein Gesicht nicht erkennen, denn die nackte Birne des Flurlichts, das er anknipst, ist sehr stark.

»Ja?« fragt er mit einer angenehmen Stimme.

»Mein Name ist Hendriks«, teile ich ihm höflich mit. »Ich habe etwas für Fräulein Vanhagen. Für Eveline. Und ich...«

»Treten Sie ein«, unterbricht er mich brüsk. Er fordert mich nicht auf, meinen Mantel abzulegen, sondern öffnet die Tür zu seiner Linken und führt mich in einen niedrigen, unordentlichen Raum. Dieser wird von einer Schreibtischlampe mit grünem Schirm erleuchtet, die auf einem mit Büchern und Papieren übersäten Tisch steht. Obwohl es ein typisches billiges Mietzimmer ist, ist es nett und warm. Der altmodische dickbäuchige Kohleofen vor dem Kamin glüht rot.

»Nehmen Sie Platz!« sagt mein Gastgeber. Er deutet auf den Küchenstuhl mit geflochtener Sitzfläche, der dicht beim Schreibtisch steht. Er ignoriert den gepolsterten Armsessel dahinter, schiebt einen Stapel dicker Rechtsbücher beiseite und setzt sich auf die Schreibtischkante, wobei er die Füße auf den fadenscheinigen Teppich stellt. Anscheinend will er, daß die Unterhaltung kurz ist.

Er bewegt sich mit der geschmeidigen Eleganz eines trainierten Athleten, und der maßgeschneiderte braune Tweedanzug unterstreicht seinen muskulösen Körperbau. Er ist älter, als ich erwartet habe, ungefähr dreißig, würde ich sagen. Er hat ein ebenmäßiges, hübsches Gesicht mit einem kleinen blonden Schnurrbart und einem breiten, humorvoll wirkenden Mund. Sein lockiges blondes Haar ist auf einer Seite ordentlich gescheitelt. Während er sorgfältig die makellosen Bügelfalten seiner Hose glättet, taxieren mich seine porzellanblauen Augen, die sich auf gleicher Höhe mit meinen befinden. Mir fallen die schweren Tränensäcke unter seinen Augen auf. Vielleicht sind sie es, die ihn älter erscheinen lassen, als er ist.

Ich will meinen Hut auf den Stapel studentischer Notizbücher auf dem Schreibtisch legen, bemerke dann aber, daß er noch naß ist, und lege ihn auf den Fußboden. Das Notizbuch, das oben auf dem Stapel liegt, ist mit vielen roten Anmerkungen versehen; die Handschrift dieser Anmerkungen stimmt mit der von Berts Brief an Eveline überein. Bert verdient sich ein wenig zusätzliches Geld, indem er die Arbeiten jüngerer Studenten korrigiert. Das habe ich auch getan, vor langer Zeit. Und Bert braucht das Geld, denn es befindet sich nicht ein einziges gutes Möbelstück in dem Zimmer. Eine unordentlich gemachte Schlafcouch, ein Gestell mit einer Kochplatte in der Ecke, eine wacklige Regalreihe voller Taschenbuchausgaben, das ist alles. An der Wand hängen zwei Reproduktionen von Gauguin, die aus einer Illustrierten herausgerissen wurden, und zwei große Farbphotographien von Kinostars. Und eine weitere Aufnahme von einem Ballettmädchen in einer verführerischen Pose. Die Photographien sind Evelines Beitrag, vermute ich.

»Danke, ja«, sage ich zu meinem Gastgeber, der mir sein

offenes Zigarettenetui anbietet. Es ist eine gute ägyptische Importmarke. Als er sich selbst eine nimmt, fällt mir auf, daß seine Fingerspitzen mit Nikotin befleckt sind. Er ist Athlet, aber aus dem Training. Er wartet, bis ich meine Zigarette angezündet habe, dann sagt er beiläufig:

»Fräulein Vanhagen ist nicht hier, wissen Sie.«

»Oh, sie wird natürlich arbeiten!« erwidere ich mit einem einfältigen Grinsen. »Sie hat mir den Namen ihrer Arbeitsstelle genannt. Ich gehe am besten dorthin...«

Ich stehe halb auf. Die Tricks meiner Richtertätigkeit stellen sich fast automatisch wieder ein.

»Nein«, sagt er ungeduldig, »sie ist nicht im ›Chez Claude‹. Sie hat sich Urlaub genommen.«

»Das wußte ich nicht«, sage ich zerknirscht, während ich wieder Platz nehme. »Ich hätte natürlich vorher schreiben sollen. Ich wohne nämlich in Den Haag. Habe mehr oder weniger den Kontakt verloren. Meine eigene Schuld. Wann wird sie zurück sein?«

»In zwei Wochen oder so. Aber an Ihrer Stelle würde ich ihr zuerst eine Karte schreiben, um sicher zu gehen, Herr Hendriks.«

Er spricht mit einem leichten Akzent. Sein rollendes ›r‹ hat einen amerikanischen Beiklang.

»Ja«, sage ich, »das werde ich tun. Wo...?« Ich sehe mich nach einem Aschenbecher um.

Er wirft einen suchenden Blick auf den Schreibtisch, springt dann herunter und geht mit schnellen sicheren Schritten zum Kamin. Er kommt mit einer Untertasse wieder zurück und stellt sie auf den Schreibtisch. Während er sich wieder auf der Kante niederläßt, sagt er:

»Tut mir leid. Ich weiß nicht, was mit meinen Aschenbechern passiert ist. Die verdammte Putzfrau...« Er hält inne und betrachtet prüfend die Spitze seiner Zigarette. Dann fragt er, betont beiläufig: »Kennen Sie Fräulein Vanhagen schon lange, Herr Hendriks?«

»Nun, ich bin eine Weile im Ausland gewesen, wissen Sie, und ich habe sie ziemlich vernachlässigt, muß ich gestehen. Vor zwei Jahren habe ich sie häufig gesehen. Wir haben zusammen Stunden genommen. Ein bißchen Rhetorik, ein bißchen Schauspielerei, diese Sachen.«

»Sind Sie auch im Showgeschäft?« fragt er ungläubig. Ich kann es ihm nicht verdenken, ich sehe kaum wie ein Nachtklubentertainer aus. Ich entgegne hastig:

»Nein, ich bin Rechtsanwalt, ich arbeite für eine Versicherungsgesellschaft. Aber ich interessiere mich für das Showgeschäft. Als Hobby.«

Er entspannt sich und fragt mit einem ermutigenden Lächeln:

»Finanziell interessiert, wie?«

»Oh, nein. Ich liebe die Atmosphäre, wissen Sie. Der Umgang mit Künstlerinnen bereitet mir immer Vergnügen. Bringt einen dazu, aus sich selbst herauszugehen, wenn Sie wissen, was ich meine.«

Er weiß es. Ich bin der wohlhabende Bursche, der es den Mädchen nach der Show ein bißchen nett macht. Champagner zum Abendessen und ein Hotelzimmer mit Bad. Er steht auf und sagt:

»Tja, es tut mir leid, daß Eveline nicht hier ist. Wollen Sie eine Nachricht für sie hinterlassen?«

»Sagen Sie einfach, daß ich ihr schreibe, Herr Winter.«

»Das werde ich tun.«

Ich würde das Gespräch gern verlängern, aber es fällt mir keine gute Frage mehr ein. Ich deute auf den Stapel Gesetzesbücher.

»Ziemlich langweilig, wenn man das alles auswendig lernen muß«, bemerke ich. »Aber ich habe festgestellt, daß es später nützlich ist.«

»Sehr nützlich«, stimmt er zu. Seine Nase weist auf die Tür.

Ich stehe auf, und wir gehen in den Flur.
»Tut mir leid, daß ich Sie belästigt habe«, sage ich.
»Überhaupt nicht.« Er öffnet die Tür. Es regnet wieder.
»Scheußliches Wetter«, sagt er.
»Schrecklich.« Wir geben uns nicht die Hand.

Durch einen Schleier aus Glas

Ich stelle den Kragen meines Regenmantels auf, denn der Wind frischt wieder auf, und plötzliche Böen treiben mir den Regen in den Nacken. Ich sehe, daß der Lieferwagen immer noch da steht. Er sieht ziemlich alt aus, und das Nummernschild ist mit Schmutz bedeckt. Ich gehe die Straße zurück, durch die das Taxi gekommen ist.

In der nächsten Straße befinden sich viele kleine Läden, und es sind mehr Menschen unterwegs. Während ich so dahinschlendere, versuche ich, mein geistiges Bild von Eveline Vanhagen und Bert Winter zu vervollständigen. Da Eveline Vanhagen bei ›Chez Claude‹ arbeitet, bedeutet der Ausdruck ›Künstlerin‹ in ihrem Ausweis, daß sie eine der vielen drittklassigen Sängerinnen und Tänzerinnen ist, die für ein paar Minuten auf der Miniaturbühne jener großen, lärmenden Tanzhalle erscheinen, sobald das Jazzorchester eine Pause für eine Zigarette und ein Bier braucht. Die Leitung kündigt diese Darbietungen stolz als Nachtklubvorstellungen an, doch die Paare, die dieses populäre Tanzlokal besuchen, kommen, um zu tanzen und um sich gegenseitig anzusehen, und nicht wegen einer Show. Was Bert angeht, so ist er ein etwas unordentlicher, aber seriöser junger Mann. Er raucht nicht, entweder weil er es nicht mag oder weil er das Geld sparen will. Aber er hat einen romantischen Zug, daher seine Liaison mit einer ›Künstlerin‹ und die Gauguin-Reproduktionen. Doch wo steckt er? Und wo ist Eveline?

Das Problem fasziniert mich, weil es mich fest mit der Gegenwart verbindet. Und auch, weil ich das vage Gefühl habe, daß Eveline mir helfen kann, die Antworten auf einige der Fragen zu

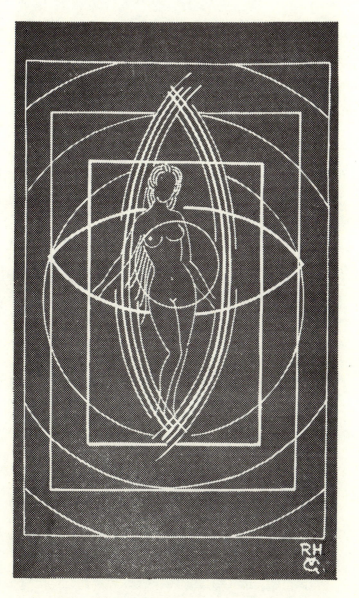

erhalten, die aus der Vergangenheit aufsteigen. Wenn ich Eveline finde, heißt das.

Über den Mann, der soeben meinen Gastgeber spielte, habe ich keinerlei Zweifel. Dieser teuer gekleidete, gepflegte Herr, der ägyptische Zigaretten raucht, war in der ärmlichen Studentenbude völlig fehl am Platze. Er war ein Besucher wie ich. Offenkundig ein Polizist in Zivil. Ich stoße beinahe mit einem Polizeibeamten in voller Uniform zusammen. Ich entschuldige mich und frage höflich, wie ich in die Abelstraat komme. Er sieht in seinem Stadtplan nach und teilt mir mit, daß mich die Straßenbahn an der nächsten Kreuzung in jenes Viertel bringen wird.

In der Straßenbahn drängt sich die lärmende Menschheit. Ein Geruch aus feuchten Kleidern und altem Schweiß mischt sich mit billigem Parfüm. Für gewöhnlich hasse ich überfüllte Orte, weil sie mir ein heftiges Unwohlsein verursachen. Aber jetzt stören mich die Menschen überhaupt nicht. Ich lausche interessiert den Gesprächsfetzen und lache über einen Witz des Schaffners.

Nachdem ich aus der Straßenbahn ausgestiegen bin, bringt mich ein kurzer Fußweg in die Abelstraat. Ich bleibe an der Ecke stehen, um mich zu orientieren. Zwei Männer mit nassen Schirmen hasten an mir vorbei, ein Radfahrer kommt heftig strampelnd aus der anderen Richtung. Ein paar Autos gleiten langsam durch den Regen. Kein Polizeifahrzeug ist in der Nähe der Pension Jansen geparkt, niemand scheint sich dort herumzutreiben. Die Polizei ist nur an der Oudegracht 88 interessiert. Bisher jedenfalls.

Während ich die Straße entlanggehe, mustere ich die stattlichen Häuser auf beiden Seiten. Sie sind solide gebaut, und fast alle haben vier Stockwerke. Diese Häuser stammen aus den frühen Jahren des Jahrhunderts und wurden von wohlhabenden Leuten für ihren eigenen Gebrauch gebaut; von Leuten, die sich zwei im Haus wohnende Dienstmädchen leisten konnten. Die Namensschilder beweisen, daß die meisten Häuser jetzt in drei oder vier getrennte Wohnungen aufgeteilt oder in Firmenbüros umgewandelt worden sind. Ich überquere die Straße zu dem Grausteingebäude, das direkt gegenüber der Pension Jansen liegt. Das große bronzene Türschild gibt an, daß es sich um eines der Büros des Stadtrats handelt. Vielleicht ist es das Büro, in dem der Besitzer des Tweedellbogens aus Jans Kneipe sein Geld verdient. Jans Kneipe kann nicht weit weg sein. Oder doch? Ich habe nicht auf den Weg geachtet, nachdem ich sie verlassen hatte.

Ein paar der Fenster in der Pension Jansen sind erleuchtet, und auch einige in Nr. 57, ihrem architektonischen Zwilling. Nr. 53 ist völlig dunkel. Die beiden Fenster im Erdgeschoß haben keine Vorhänge. Quer über dem Glas klebt ein weißer Streifen Papier, auf dem in großen Buchstaben ›Verkauft‹ steht. Ich werfe meine Zigarette fort, gehe über die Straße und drücke auf den Klingelknopf der Pension Jansen.

Eine ältere Frau in einem ordentlichen schwarzen Kleid öffnet. Sie mustert mich ziemlich mißtrauisch. Ich nehme meinen Hut ab und sage höflich:

»Fräulein Winter erzählte mir, daß sie hier eingezogen ist, gnädige Frau. Ich würde gern...«

»Hier wohnt kein Fräulein Winter«, unterbricht mich die alte Dame mürrisch. »Ich nehme keine alleinstehenden jungen Frauen. Nur verheiratete Paare.«

Das ist zugegebenermaßen eine weise Politik, aber es bringt mich nicht weiter. Etwas eingeschüchtert fahre ich fort:

»Vielleicht meinte sie das Haus nebenan, denn...«

»Unsinn. Die 57 ist ein Altersheim, und die 53 steht seit drei Monaten leer. Eine Schande, bei der Wohnungsknappheit.« Sie beginnt die Tür zu schließen.

»Haben Sie den Unfall gesehen?« frage ich rasch.

Die Tür ist wieder weit offen.

»Unfall? Hier in der Straße?« fragt sie eifrig. »Ist es eben passiert?«

»Nein, vor ungefähr einer Stunde. Auf Wiedersehen!«

Ich bin es, der die Tür zuzieht. Die Nr. 51 brauche ich nicht zu versuchen, denn es ist ein Institut für Industrieforschung. Ich klingle an der Tür von Nr. 57, dem Altersheim. Der Pförtner erkennt mich wieder. Als er die Leute auf der Straße sprechen hörte, hatte er durch das Fenster mich, Eveline und die beiden Polizisten gesehen. Er hatte die Vorhänge wieder zugezogen, als er sah, daß die ganze Aufregung vorbei war, kurz bevor das Polizeiauto wegfuhr. Deshalb kann er nicht sagen, wohin Eveline ging. Nr. 53, das leere Haus, ist meine letzte Chance. Ich bin sicher, daß sie in ein Haus in der Nähe der Pension Jansen geschlüpft ist. Sie konnte es nicht riskieren, die Straße entlang zu gehen oder zu überqueren, während ich mit den beiden Polizisten davonfuhr, denn einer von uns hätte sich umdrehen und sie sehen können. Ich gehe wieder zu dem städtischen Haus hinüber und nehme die Nr. 53 in Augenschein.

Aus dem Regen ist ein Nieseln geworden, so daß ich das Haus jetzt besser sehen kann. Es hat nur drei Stockwerke, aber es strahlt eine gedämpft wohlhabende Atmosphäre aus. Die hohe Tür ist mit reliefartigen Schriftrollen verziert, und darüber befindet sich ein altmodischer Baldachin aus buntem Glas. Das spitze Schieferdach wird von einer schmiedeeisernen Wetterfahne gekrönt. Ich spähe aufmerksam nach den drei kleinen Fenstern direkt unter dem Dach. Hinter dem gelben Rollvorhang des mittleren schimmert ein schwacher Lichtschein. Warum brennt Licht in einem Haus, das seit drei Monaten leersteht? Vielleicht ein Verwalter? Ich muß dieser Sache auf den Grund gehen, denn es ist meine letzte Chance, die Verbindung zur Gegenwart aufrechtzuerhalten. Aber ich werde mich dem Haus von hinten nähern. Die Straße ist jetzt belebter, und ich habe mich bereits zu verdächtig gemacht. Ich gehe in die nächste Straße, die parallel zur Abelstraat verläuft. Im Eilschritt, denn vom Herumstehen habe ich eiskalte Füße bekommen.

Ich halte nach einer dieser schmalen Passagen zwischen zwei Häusern Ausschau, die zu den Gassen an den hinteren Gärten führen. Die ersten beiden sind verschlossen, aber die dritte ist offen. In der mit Abfall übersäten Gasse mache ich mühelos die Nr. 53 ausfindig, weil es das einzige Haus mit drei Stockwerken ist und weil es die Wetterfahne hat. Hinter den zugezogenen Gardinen der großen Flügelfenster im ersten Stock brennt Licht. Damit ist die Theorie über den Verwalter hinfällig. Es leben Menschen in diesem leeren Haus.

Ein breiter Balkon zieht sich über die gesamte Länge des ersten Stocks hin. Der Balkon im zweiten Stock ist schmal, und die beiden Fenster da oben sind dunkel. Ich betrachte prüfend die Rückseite der anderen Häuser. Die meisten Fenster sind erleuchtet, manche Leute haben nicht einmal die Vorhänge zugezogen. Ich kann sie sehen, aber für sie bin ich unsichtbar zwischen den dunklen Gartenmauern.

Ich versuche, die grüne Gartentür zu öffnen. Sie ist auf der Innenseite verriegelt. Zum Glück ist die Krone der Gartenmauer nicht mit Glasscherben gesichert. Ich lange hinauf und klettere hinüber. Die Nr. 53 hat keinen großartigen Garten, er besteht nur aus einem Flecken Kies, umgeben von einem vernachlässigten Grasstreifen. In der Ecke zu meiner Rechten, halb unter dem Balkon, befindet sich ein Werkzeugschuppen. Ein altes Ölfaß liegt davor. Ich stelle das Faß hin, steige darauf und dann auf das Dach des Werkzeugschuppens; von dort ist der Balkon leicht zu erreichen. Nachdem ich über das Eisengeländer geklettert bin, beobachte ich ängstlich die Reihe der gegenüberliegenden Häuser. Aber kein Fenster wird aufgerissen, und kein entrüsteter Aufschrei ertönt. Vorsichtig trete ich über die nassen Bretter, bis ich den Schlitz in dem roten Plüschvorhang erreiche, der in vielen Falten hinter der Glasscheibe des ersten Flügelfensters hängt. Das Gesicht dicht am Glas spähe ich ins Innere.

Was ich sehe, enttäuscht mich zutiefst: einen großen, in einem

Armsessel zusammengesunkenen Mann mit offensichtlich gelangweilter Miene. Er hat den oberen Teil der Weste seines graugestreiften Anzugs aufgeknöpft und die Melone aus seiner breiten, glatten Stirn weit zurückgeschoben. Die Hände sind im Schoß gefaltet und seine langen Beine zu dem elektrischen Heizofen hin ausgestreckt. Der Heizkörper brennt auf großer Stufe, und er ist neu, denn die Pappverpackung steht daneben. Sie dient als Tisch; ein gläserner Aschenbecher und ein kleines Kofferradio stehen darauf. Diese modernen Geräte kontrastieren scharf mit dem altmodischen hohen Kamin aus rotem Marmor, den zwei nackte griechische Damen aus weißem Marmor stützen. Ihre offensichtlichen Reize scheinen den großen Mann nicht zu interessieren. Sein blasses Gesicht mit den schweren Wangenknochen ist ausdruckslos, und die hängenden Augenlider sind halb geschlossen. Die lange Zigarre zwischen seinen dicken Lippen brennt nicht. Er sieht gelangweilt aus. Schrecklich gelangweilt.

Auf der anderen Seite der Heizung steht eine leere Holzkiste. Weitere Möbel gibt es nicht, jedenfalls keine, die ich sehen kann. Die rosa Wandtapete weist ein goldfarbenes Blumenmuster auf, aber sie ist sehr fleckig. Dunkle Vierecke lassen die Stellen erkennen, wo einmal Bilder hingen; sie betonen die Atmosphäre verblichener Vornehmheit. Der Fußbodenbelag ist entfernt worden, so daß die nackten Holzdielen sichtbar sind. Ich überlege, daß das helle Licht von einer starken Lampe in der anderen Hälfte des Zimmers, die sich meinem Blick entzieht, kommen muß. Vielleicht von einem großen Kristallüster, wie man ihn in einem altmodischen Raum wie diesem erwarten würde.

Für einen Hausverwalter ist der Mann zu gut angezogen. Er muß der Eigentümer sein, der beschlossen hat, in seinem neu erworbenen Haus zu kampieren, bis die Möbel eintreffen. Oder bis seine Frau kommt, denn ich bemerke, daß er einen goldenen Ehering an seiner dicken Hand trägt. Wer immer er ist, er hat ein

Recht, dort zu sein und gelangweilt zu sein. Ich sollte besser wieder umkehren. Mit der roten Saffianlederbörse, die ich nicht loswerden kann.

Plötzlich ertönt eine gutturale Stimme irgendwo über mir. Ich presse mich dicht an die Wand. Ich bin von jemandem auf dem zurückweichenden Balkon im oberen Stockwerk entdeckt worden. Ich warte mit angehaltenem Atem. Aber nichts geschieht. Wieder höre ich die Stimme. Ich blicke hoch und stoße einen Seufzer der Erleichterung aus. Das Klappfenster über dem Flügelfenster am anderen Ende des Balkons ist offen. Auf Zehenspitzen gehe ich zu dem hohen Fenster hinüber. Dort klafft der Plüschvorhang ein paar Zentimeter auseinander. Jetzt kann ich den ganzen großen Raum sehen. Ein Gefühl der Befriedigung breitet sich in mir aus.

Im Schein der starken unbeschirmten Glühbirne, die in der Mitte des kahlen, leeren Raums hängt, sehe ich zwei Männer auf dem Polstersofa rechts von mir sitzen. Zwischen ihnen und dem großen Mann neben der Elektroheizung erstreckt sich ein langer, breiter Streifen nackter, zernarbter Dielenbretter. In der Wand mir gegenüber befinden sich zwei cremefarbene Türen mit vergoldeten Rändern. Die beiden Männer auf dem Sofa tragen ordentliche dunkelblaue Anzüge und kastanienbraune Krawatten. Es sind die beiden dunkelgesichtigen Männer, die Eveline auf der Straße überfielen.

Der Kleinere zuckt seine gepolsterten Achseln.

»Es ist nicht zu ändern«, sagt er verdrossen. »Warum gehen wir nicht für eine Weile nach draußen?«

Er spricht Arabisch, das in Ägypten gesprochene Arabisch. Mit dem Arabisch von Hadramaut, wie es die arabischen Kaufleute auf Java sprechen, bin ich besser vertraut. Aber ich habe einen Sommerurlaub in Ägypten verbracht, als ich in Leiden studierte, und ich glaube, ich komme zurecht.

Der kleine Mann sitzt vornübergebeugt da, die Ellbogen auf

die Knie gestützt. Er hat ein sehr dunkles, glattes Gesicht mit breiten Wangenknochen und einem schmalen, spitzen Kinn. Seine Augen sind groß, der Mund klein, aber sehr rot. Sein blauschwarzes Haar fällt in öligen Locken über die niedrige gerunzelte Stirn. Sein Mantel ist tailliert, die Hose makellos gebügelt, aber die braunen Schuhe sind zu hell, beinahe gelb. Er ist ungefähr fünfundzwanzig Jahre alt, und er ist der Bursche, der mich niedergeschlagen hat.

Der andere, der von mir zu Boden gestreckt wurde, ist groß und mager. Er lehnt sich in seine Sofaecke zurück, die langen Beine übergeschlagen, die Arme über der Brust gekreuzt. Er hat ein hageres, ebenmäßiges Gesicht, nicht so dunkel wie sein Kamerad, mit einem kleinen Schnurrbart und einer markanten Hakennase. Er ist älter als der andere, etwa vierzig, glaube ich. Mit abwesendem Blick, dem Blick des Wüstenbewohners, starrt er den gelangweilten Mann neben der Elektroheizung an. Er ist ein Ägypter vom Beduinentyp – und ein gutaussehendes Exemplar dieses Typs, wie ich zugeben muß. Der kleine Mann wiederholt ungeduldig:

»Könnten wir nicht wieder nach draußen gehen? Uns ein bißchen die Stadt ansehen?«

Der große Mann dreht sich langsam zu ihm um und sagt kalt:

»Du bist nervös, Mochtar. In Frankreich dagegen warst du nicht nervös. Auch in Italien nicht und auch nicht in Deutschland.«

Der andere macht ein noch verdrosseneres Gesicht. Seine großen Augen glänzen, als ob sie feucht wären. Er spitzt seinen kleinen roten Mund und erwidert:

»Ich hasse es zu warten, Achmed. Besonders in dieser verdammten kalten und nassen Stadt.« Mit dem Kinn auf das andere Ende des Raums deutend, fügt er hinzu: »Es ist alles nur die Schuld von diesem fetten Dummkopf da drüben, diesem blöden Hundesohn.«

»Es ist Feigels Schuld, das stimmt«, gibt Achmed zu. »Man hat ihm gesagt, daß die Djibouti am letzten Tag dieses Monats nach Alexandria segelt, und Feigel hat gedacht, das sei heute. Da der Februar dieses Jahr jedoch zufällig neunundzwanzig Tage hat, segelt die Djibouti erst morgen. Wir können nichts tun als warten.«

Er spricht wunderbar Arabisch, mit der sorgfältigen Aussprache eines Mannes, der mit der klassischen Sprache vertraut ist und sie liebt. Seine kultivierte Sprache kontrastiert scharf mit dem schlampigen, vulgären Dialekt seines Kameraden. Ich komme mir wie ein Zuschauer im Theater vor, auf einem Sitz in der ersten Reihe. Die große, hell erleuchtete Bühne ist geschickt aufgebaut: der große Mann vor dem Heizgerät ganz links, zwei Männer auf einem Sofa ganz rechts, und das Zentrum leer, bereit für das Erscheinen des Hauptdarstellers – wenn es einen gibt. Ich brauche nicht in mein Programm zu sehen, um ihre Namen zu wissen: der große Mann mit der Melone heißt Feigel, der hochgewachsene Ägypter Achmed, der kleine Mochtar. Es folgt ein langes Schweigen, und ich schließe meine Augen. Denn manche Leute spüren, wenn sie von einer unsichtbaren Person beobachtet werden. Plötzlich spricht Mochtar wieder:

»Laß uns rausgehen und uns ein wenig umsehen.«

Achmed zerdrückt seine Zigarette in dem gläsernen Aschenbecher, der zwischen ihnen steht. Hochmütig sagt er:

»Ich weiß, was du unter ›ein wenig umsehen‹ verstehst, Mochtar. Und ich sage dir, daß es gefährlich ist. Dieses Haus gehört Feigel, es ist ungemütlich, aber sicher. Du bist fremd hier, und du sprichst nur gebrochen Englisch. Wer weiß, was du zu dem Abschaum sagst, mit dem du gerne Umgang pflegst? Wer weiß, was sie anderen erzählen werden?«

Keine Antwort. Ich blicke wieder ins Zimmer. Mochtars roter Mund ist zu einem Hohnlächeln verzerrt, und seine großen Augen funkeln bösartig. Der andere bemerkt es nicht, er starrt wieder geradeaus vor sich hin. Dann fährt er mit der gleichen gemessenen Stimme fort:

»Wir müssen hier sein, wenn Mikhail zurückkehrt. Ich will sicher gehen, daß es keine Komplikationen gibt. Der Scheich wünscht keine Komplikationen.«

Mochtar zündet sich mit raschen nervösen Bewegungen eine Zigarette an.

»Wir hätten nicht so viel Zeit auf diese Nebensache verschwenden sollen«, sagt er barsch. »Diese Art von Ware ist leicht zu bekommen. Überall.«

»Anscheinend nicht für Feigel.«

Wieder Schweigen.

Ich frage mich, wen Achmed meinte. Der Name Michael ist Arabern aus ihren religiösen Büchern vertraut. Aber Muslime verwenden ihn nicht als Vornamen. Nur christliche Araber wie die im Libanon. Ich werfe einen raschen Blick auf die Hausfronten hinter mir, und prompt läuft mir ein Strom kalten Wassers in den Kragen. Der stetige Nieselregen hat meinen Hut und meinen Regenmantel durchnäßt.

»Du mit deinen vielen Sprachen«, ergreift Mochtar wieder das Wort, »frag den fetten Hund da, um welche Zeit die Djibouti morgen ausläuft.« Er macht eine Pause, bevor er beiläufig hinzufügt: »Frag ihn auch, warum wir nicht das Flugzeug nehmen. Nach Italien sind wir geflogen, und nach Deutschland auch. Warum jetzt mit dem Schiff zurückkehren?«

Achmed wirft ihm einen langen, taxierenden Blick zu. Als der kleine Mann seine Augen abwendet, spricht Achmed:

»Deine erste Frage werde ich Feigel übermitteln, Mochtar, aber nicht die zweite. Denn deine zweite Frage ist irrelevant, und man stellt die Befehle des Scheichs nicht in Frage.« Er ruft dem gelangweilten Mann in korrektem Englisch zu: »Wann läuft die Djibouti morgen aus, Herr Feigel?«

»Wie?« Der große Mann sieht ihn mürrisch an. »Um welche

Zeit? Um zehn Uhr vormittags. Wir brechen um neun von hier auf, weil es ein weiter Weg zum Levant Kai ist.« Er spricht mit einem ausgeprägten deutschen Akzent. Er holt eine Schachtel Streichhölzer hervor und zündet nun endlich seine lange Zigarre wieder an.

»Du hast es gehört«, sagt Achmed ruhig zu Mochtar. »Wann kommt unser Kaffee?«

»Die Tänzerin schläft natürlich, die faule Schlampe! Warum hat Feigel sie genommen? Weiß sie über die andere Ware Bescheid?«

»Natürlich nicht. Du bist nervös, Mochtar.« Mit langsamen, bedächtigen Bewegungen nimmt er ein vergoldetes Zigarettenetui aus seiner Westentasche. Während er sorgfältig eine Zigarette auswählt, sagt er zu dem anderen, ohne ihn anzusehen: »Heute morgen hast du eine unziemliche Bemerkung gemacht, Mochtar. Du sagtest, daß meine Frau schön ist. Und vor drei Tagen in Hamburg, als wir den Rest unserer Ware in Empfang nahmen, hast du dasselbe gesagt. Du bist zwar ein Straßenjunge aus den Slums von Port Said, Mochtar, aber vielleicht hast du schon einmal gehört, daß arabische Gentlemen nicht über die Frauen der anderen sprechen, geschweige denn Bemerkungen über ihr Aussehen machen. Da wir beide in der Residenz des Scheichs leben, ist nicht zu vermeiden, daß du hier und da einen Blick auf meine Frau erhaschst. Aber du sollst es unterlassen, Bemerkungen über sie zu machen.«

Achmed zündet sich seine Zigarette mit einem goldenen Feuerzeug an und bläst den Rauch zu vollkommenen Kreisen.

Mochtars große Augen scheinen noch größer zu werden, das Weiße bildet einen verblüffenden Kontrast zu seiner dunklen Haut. Er will etwas sagen, überlegt es sich dann jedoch anders und dreht sich rasch zu der ihm am nächsten befindlichen Tür um. Mein Gastgeber aus der Oudegracht 88 tritt ein.

Ich verspüre einen Schauer der Erregung. Jetzt ist wirklich der

Teufel los! Aber ich werde enttäuscht. Er winkt den beiden Ägyptern auf dem Sofa lediglich zu, dann zieht er seinen schweren braunen Mantel aus und hängt ihn an einen Nagel in der Tür. Er will seinen braunen Filzhut ebenfalls dorthin hängen, läßt es jedoch bleiben, als er sieht, daß dieser triefend naß ist. Er nimmt ihn zu Feigel mit hinüber und legt ihn vor dem elektrischen Heizgerät auf den Boden. Er bleibt stehen und wärmt sich die Beine. Feigel blickt auf und sagt:

»Du warst lange weg. Irgendwas gefunden?«

»Nichts. Und ich habe mich genau umgesehen, sage ich dir. Als ich gerade gehen wollte, wurde ich von irgend so einem Dummkopf, einem ihrer früheren Kavaliere, unterbrochen. Ich habe ihn mir so schnell wie möglich wieder vom Halse geschafft. Dieser alte Lieferwagen von dir ist miserabel. Ich hatte böse Schwierigkeiten mit dem Anlasser.«

Er spricht fließend Englisch, und jetzt gelingt es mir, seinen Akzent einzuordnen. Er ist eindeutig amerikanisch.

»Hast du den Anlasser selbst in Ordnung gebracht, Miguel?« fragt Feigel besorgt.

»Natürlich.«

Feigel nickt. Miguel ruft den beiden Männern auf dem Sofa zu: »Es war nichts da.« Er zündet sich eine Zigarette an und fragt Feigel beiläufig: »Irgend etwas aus dem Jungen herausbekommen?«

»Nein. Ich habe dir doch gesagt, daß sie nicht redet, oder? Nicht einmal mit diesem Dummkopf von einem Freund.« Feigels Stimme hat einen scharfen Klang.

Phantastische Bilder zucken durch meinen Kopf. Eveline und Bert werden hier gefangen gehalten, von diesem Haufen internationaler Gauner. Ich muß ihnen helfen zu fliehen, ich werde...

Die zweite Tür öffnet sich, und Eveline kommt mit einem Tablett herein. Sie stößt geschickt die Tür mit ihrem Pantoffel zu, dann geht sie quer durch den Raum zu Feigel und Miguel. Sie setzt das Tablett auf dem Pappkarton ab. Miguel macht vor dem Ofen Platz für sie, und sie stellt sich dorthin, die Hände in die Taschen ihres hochgeschlossenen kastanienbraunen Hausmantels geschoben. Feigel nimmt eine Tasse Kaffee vom Tablett. Miguel folgt seinem Beispiel. Ich registriere automatisch, daß noch zwei Tassen auf dem Tablett übrig sind.

Ich bin ganz verblüfft. Benommen beobachte ich Eveline, wie sie sich über das Radio beugt und eine leise Jazzmusik einstellt. Miguel bietet ihr eine Zigarette an und steckt sie für sie in Brand. Plötzlich bemerke ich, daß ich mein Gesicht dicht an das Fensterglas gepreßt habe und daß mich jeder sehen wird, der in meine Richtung blickt. Ich trete zur Seite, drehe mich um und lehne mich mit dem Rücken an die Backsteinmauer neben dem Fenster. Meine Beine zittern.

Sie sah glänzend aus mit ihren geröteten Wangen und den strahlenden schwarzen Augen. Sie gehört zu diesen sonderbaren Leuten dazu, sie ist hier völlig zu Hause, und glücklich. Der Streit, dessen Zeuge ich auf der Straße wurde, war wohl nur das Aufflackern einer Gereiztheit, die später leicht wieder besänftigt wurde. Diese Leute sind wahrscheinlich in ein zwielichtiges Geschäft verwickelt, aber das ist nicht meine Sorge, denn ich bin kein Polizeibeamter. Ich bin nur ein Dummkopf, der sich einmischt. Ich werde den Weg zurückgehen, den ich gekommen bin, Evelines Börse in den Briefkasten dieses Hauses fallen lassen und nach Hause gehen. Ein Übelkeitsgefühl steigt in mir auf. Das muß daran liegen, daß ich nichts Vernünftiges gegessen habe. Ein dummer Irrtum wie dieser würde mich doch nicht so beeindrukken, ich... ich kann doch nicht ein solcher Narr sein. Rasch drehe ich mich wieder zum Fenster um in der verzweifelten Hoffnung, daß etwas passieren wird. Irgend etwas.

Ich konzentriere mich nun auf Mochtar. Er trägt zwei Kaffeetassen zu Achmed hinüber, der immer noch auf dem Sofa sitzt. Mochtars gezierter Gang hat etwas Feminines, läßt aber auch den leichten Schritt des trainierten Boxers ahnen. Er ist klein, doch seine breiten Schultern scheinen mir nicht gepolstert zu sein. Die Gerade, die er auf meinen Kiefer plazierte, verriet viel Kraft und Erfahrung.

Eveline hat auf der Holzkiste Platz genommen, sie wiegt ihren Körper im Takt der Radiomusik. Es ist eine lateinamerikanische Melodie mit einem fesselnden Rhythmus. Aber Feigel scheint sie nicht zu gefallen, denn er starrt düster vor sich hin. Miguel nippt langsam an seinem Kaffee, während er mit dem rechten Fuß den Takt zur Musik klopft. Die beiden nackten griechischen Damen blicken zweifelnd zu der marmornen Last hoch, die sie tragen. Eine nette kleine internationale Versammlung. Die sich nett die Zeit vertreibt.

Bert Winter rettet mich. Ich muß noch ein wenig länger bleiben, denn Bert ist noch nicht aufgetreten. Und ich habe eine väterliche Zuneigung entwickelt zu dem eifrigen Studenten mit der romantischen Neigung, den Eveline verlassen hat. Ich werde das Spiel hinter dem Glasvorhang noch ein bißchen länger beobachten. Von jetzt an als neutraler Beobachter. Als völlig neutraler.

Eveline erhebt sich von der Holzkiste, lüftet den Saum ihres kastanienbraunen Hauskleides ein wenig und führt ein paar Tanzschritte aus. Ich sehe die breiten Aufschläge eines dunkelblauen Schlafanzuges, die ihre kleinen Füße in den Hausschuhen bedecken. Ein reizendes Bild. Aber weder Feigel noch Miguel zeigen Interesse. Feigel kaut auf seiner erloschenen Zigarre herum und beobachtet immer noch das Radio. Miguel zündet sich eine neue Zigarette am Stummel der alten an. Ein Kettenraucher. Die beiden Araber nippen an ihrem Kaffee. Wir sind neutrale Beobachter. Feigel und Miguel, Achmed und Mochtar. Und ich.

Jetzt dreht Eveline an einem Knopf am Radio, und die Musik wird plötzlich sehr laut. Feigel blickt endlich auf. Er sieht sie unter seinen schweren Augenlidern vorwurfsvoll an. Aber sie schüttelt den Kopf und deutet auf die Wände, offenbar um zu sagen, daß sie so dick sind, daß die Mieter in der Pension Jansen nicht gestört werden. Dann zeigt sie auf die Flügelfenster, und ich ducke mich, so schnell ich kann.

Ich hocke dort eine Weile und fühle mich kalt, naß und elend. Endlich beschließe ich, einen letzten Blick auf die Gesellschaft zu werfen, bevor ich gehe. Als ich wieder hinsehe, schnappe ich unfreiwillig nach Luft. Evelines Hausmantel und eine dunkelblaue Schlafanzugjacke liegen auf der Holzkiste. Sie steht dicht neben dem Radio, in einem weißen Satinbüstenhalter und einer dunkelblauen Schlafanzughose. Ihre runden Schultern und Arme sind sehr weiß im grellen Licht der unbeschirmten Lampe, ihre Taille zwischen den üppigen Brüsten und den üppigen Hüften weiß und schmal. Ihre Ähnlichkeit mit Lina läßt mein Inneres sich zusammenziehen. Ihre glänzenden Augen mustern die Araber auf dem Sofa mit einem sonderbar aufmerksamen, kalkulierenden Blick. Achmed studiert beflissen den Inhalt seiner Kaffeetasse, Mochtar spielt mit seinem Feuerzeug, indem er die Flamme an und aus gehen läßt. Auch Feigel sieht nicht zu dem Mädchen hin, er ist mit gerunzelter Stirn in die Betrachtung des Radios versunken, als wundere er sich, wie ein so kleiner Gegenstand eine so laute Musik produzieren kann. Miguel säubert sich die Fingernägel mit seinem Taschenmesser. Ihre völlig distanzierte Haltung hilft mir, meine eigene neutrale Beobachterpose zu bewahren.

Eveline beugt sich zu Feigel herab und sagt etwas zu ihm, während sie fortfährt, ihre Hüften zum Rhythmus der Musik zu bewegen. Feigel zuckt die Achseln, dann dreht er sich um und ruft den beiden Ägyptern ein einziges Wort zu. Es gelingt mir nicht, es zu verstehen, aber Mochtar hat es verstanden. Grob fährt er Achmed an:

»Hurenhaustricks!«

Achmeds Augen sind nun auf das Mädchen gerichtet.
»Los, hol es!« befiehlt er.
»Glaubst du, ich will auf nassem Bettzeug schlafen?« fragt Mochtar scharf.
»Tu, was Feigel sagt«, erwidert Achmed gleichgültig.
Mochtar stößt ein sehr schmutziges Wort hervor. Er stellt seine Kaffeetasse auf den Boden, erhebt sich abrupt und verschwindet durch die Tür auf der rechten Seite.
Ich sollte ebenfalls gehen. Ich weiß nicht, was kommt, aber ich weiß genau, daß ich es nicht sehen sollte, was immer es ist. Dennoch bleibe ich. Eveline scheint die Worte der Melodie zu summen, denn ich sehe ihre feuchten Lippen sich bewegen. Ihre Augen sind nun beinahe zärtlich auf Feigel gerichtet. Aber Feigel hat sich seine Zigarre wieder angezündet, er pafft Rauchwolken zum Radio hin. Er hat die Melone jetzt so weit zurückgeschoben, daß ich den Eindruck habe, sie fällt jeden Augenblick herunter. Sein dichtes Haar ist von grauen Strähnen durchzogen.
Die Tür öffnet sich, und Mochtar kehrt zurück. Er trägt behutsam ein nasses weißes Tuchbündel. Wassertropfen fallen auf den Fußboden. Er geht zu Feigel und fragt ihn etwas, aber wegen der Musik kann ich nicht hören, was er sagt. Feigel deutet mit seiner Zigarre auf einen Eisenhaken an der Wand neben der am nächsten gelegenen Tür.
Mochtar geht zur Tür und zieht ein kleines Knäuel mit dünner Schnur aus der rechten Tasche. Ein Ende bindet er um einen Zipfel des nassen Tuchs. Ich erkenne, daß es ein Leinenbettlaken ist. Mochtar sieht den eisernen Haken an, der aus der verblichenen rosa Wandtapete hervorsteht, dann das Stück Schnur in seiner Hand. Er scheint zu zögern.
»Schneide sie durch!« schnarrt Achmed.
Mochtar läßt mit einer liebevollen Geste die glatte Schnur durch seine Finger gleiten. Seine Augen schweifen zum Fenster,

und ich trete rasch beiseite. »Sie ist lang genug«, höre ich ihn rufen.

Das war gerade noch rechtzeitig. Der Plüschvorhang wird plötzlich geteilt, und ein Lichtstrahl fällt auf den Balkon. Nach ein paar spannungsgeladenen Momenten wird der Vorhang wieder zugezogen.

»Das muß genügen«, höre ich Mochtar bemerken. »So ein Blödsinn!«

Nachdem ich ihn habe weggehen hören, sehe ich wieder in den Raum. Während der Vorhang jetzt in der Mitte geschlossen ist, hat sich der Spalt unten verbreitert. Die rechte Hälfte des Zimmers ist durch das Leintuch meinem Blick entzogen. Die starke Glühbirne dahinter läßt das nasse Laken hell wie eine Kinoleinwand leuchten. In der Mitte des Raumes erkenne ich das rote Glühen des elektrischen Heizofens. Rechts davon, halb verborgen durch das Bettlaken, sehe ich Feigel, immer noch in seinem Stuhl zusammengesunken. Miguel ist fort.

Die Zimmerhälfte mit dem Sofa links von mir erscheint dagegen sehr dunkel. Aber ich kann die schattenhaften Umrisse von Achmed und Mochtar ausmachen und von Miguel, der jetzt zwischen ihnen Platz genommen hat. Die drei Männer sitzen sehr still da. Ich kann ihre Gesichter nicht erkennen.

Ein riesiger grauer Schatten erscheint auf der Leinwand, grau und verschwommen. Plötzlich schrumpft er und wird zu der schwarzen, klar umrissenen Silhouette einer Frau mit gespreizten Beinen, über den Kopf erhobenen Armen und zum pulsierenden Takt der Musik schwingenden Hüften. Eveline tanzt dicht an der Leinwand, und sie ist völlig nackt.

Mochtar hatte recht, sage ich zu mir selbst. Es ist nichts als ein dummer Nachtklubtrick, eine Art Striptease. Doch gleichzeitig weiß ich, daß dies etwas anderes ist. Es beginnt, wo der Striptease aufhört. Denn die nasse Leinwand verbirgt und enthüllt zugleich. Sie enthüllt alle körperlichen Details in beunruhigender

Klarheit. Man erkennt sogar den rosigen Schein des Fleisches, wenn sie ihre Kurven an die Leinwand schmiegt. Oder ist es das rote Glühen des Heizkörpers, der eine Aureole um ihre schwingenden Hüften bildet? Nur die ungezähmte Hingabe bewahrt die getanzte Version des Liebesaktes davor, zu einer schockierenden Obszönität zu werden.

»Du siehst durch einen Schleier, einen Schleier aus Tuch, der dich von ihrem Körper trennt. Und es gibt einen zweiten Schleier, aus Glas, der dich von ihrer Welt trennt.«

Ich habe laut gesprochen, und der primitive Instinkt der Selbsterhaltung läßt mich einen raschen Blick auf die drei Männer auf dem Sofa werfen. Aber ihre Köpfe sind bewegungslos auf die Leinwand gerichtet. Ich sehe zu Feigel hinüber. Er hat den Kopf gehoben und starrt die Tänzerin an, mit ungerührter Miene wie zuvor. Aber er sitzt hinter der Leinwand. Und er sieht sie leibhaftig. Ein plötzlicher Schwindel erfaßt mich. Der Schleier, der doppelte Schleier wird zerrissen vom Aufwallen einer wilden, lang unterdrückten Leidenschaft. Das Feuer lodert auf, es ist die Essenz aller Ekstasen, die ich jemals erlebt habe, verstärkt durch den animalischen Rausch der Gemeinschaft des Fleisches. Ich beginne so heftig zu zittern, daß ich mich beruhigen muß, indem ich meine Handflächen an den Fensterrahmen lege. Ich lasse alle Vorsicht fahren und presse mein Gesicht gegen das Glas. Jede Fiber meines Seins identifiziert sich mit der lockenden Gestalt auf der Leinwand, wo Vergangenheit und Gegenwart roh und gewaltsam verschmolzen werden.

Schließlich verstummt die Musik, und die Silhouette der nackten Frau löst sich in einen undefinierbaren grauen Schatten auf. Und dann ist die Leinwand wieder leer. Ich falle auf die Knie und presse den nassen Ärmel meines Regenmantels auf den Mund, um meine Schluchzer zu ersticken. Die scharfen Kanten der Holzbretter schneiden in meine Knie, und der kalte Regen fällt auf meinen entblößten Kopf.

Nach ich weiß nicht wie langer Zeit taste ich blind nach meinem Hut und rapple mich auf. Während ich dort stehe und meinen Regenmantel in Ordnung bringe, fühle ich mich plötzlich ganz ruhig. Ich weiß, daß ich die endgültige Lösung gefunden habe. Meine Art zu leben ist falsch gewesen, völlig falsch. Jetzt habe ich die richtige Lösung gefunden, die einzige Lösung. Sie markiert einen klar definierten Weg, von der Vergangenheit zur Gegenwart. Und in die Zukunft.

Ich betrachte leidenschaftslos den Raum. Das Bettlaken liegt in einem Haufen auf dem Fußboden. Achmed und Mochtar sitzen immer noch auf dem Sofa, Mochtar entspannt, Achmed mit gesenktem Kopf, die Hände auf den Knien. Miguel befindet sich wieder beim elektrischen Heizofen und poliert sich die Nägel mit einem Taschentuch. Eveline, in ihrem Hausmantel, steht neben Miguel und pafft mit raschen nervösen Zügen eine Zigarette. Feigel streckt seinen langen Arm aus und stellt das Radio ab, das jetzt irgendeine Ankündigung plärrt. Als er sich wieder zurücksetzen will, fällt sein Blick auf die ihm am nächsten stehende griechische Dame des Kamins. Nachdenklich drückt er den brennenden Stumpen auf ihrem runden Bauch aus. Dann lehnt er sich in seinen Stuhl zurück, nimmt ein großes silbernes Zigarrenetui aus seiner Brusttasche und fragt Miguel:

»Nun, wie war's?«

Miguel zuckt die Achsel. Er läßt das Licht auf die polierten Nägel seiner rechten Hand scheinen. Dann sagt er:

»Nicht übel.«

Eveline dreht sich mit einer ärgerlichen Bemerkung ruckartig zu ihm um. Aber Feigel hebt seine Hand. Er beißt die Spitze einer neuen Zigarre ab, steckt sie an und sagt ernst:

»Miguel hat recht.« Vielleicht spricht er lauter als zuvor, oder vielleicht sind meine Sinne jetzt überscharf. Denn ich höre jedes Wort, das er sagt, sehr deutlich: »Nicht übel, aber nicht gut genug für arabische Zuschauer. Sie haben nichts gegen raffinierte

Kapriolen, im Bett. Aber wenn sie einen Tanz ansehen gehen, wollen sie einen Tanz sehen.« Er ruft zu Achmed hinüber: »Glaubst du, das reicht?«

Achmed hebt den Kopf. Langsam erwidert er:

»In Beirut vielleicht.« Seine Stimme hat seinen angenehmen Klang verloren, sie knarrt. »Nicht in Kairo und nicht in Damaskus. In Bagdad auch nicht. Sie wollen den arabischen Bauchtanz sehen.«

»Siehst du!« sagt Feigel zu Eveline.

»So ist es, einen richtigen Bauchtanz«, sagt Miguel zu ihr. »Den solltest du besser lernen. Und werde ein bißchen dicker, altes Mädchen. Sie beurteilen Frauen nach ihren Pfunden dort drüben.«

Eveline ignoriert ihn.

»Ich könnte ihn lernen, oder?« fragt sie Feigel in Deutsch. »Es muß Lehrerinnen dafür geben.«

Feigel nickt schwerfällig.

»Mach dir keine Sorgen«, sagt er, ebenfalls in Deutsch. »Diese Brücke werden wir überqueren, wenn wir zu ihr gelangen.« Deutsch ist offenbar seine Muttersprache.

Sie lächelt wieder. Sie zieht den mit Quasten versehenen Gürtel ihres Hausmantels fest, nickt Feigel und Miguel zu und geht zur Tür. Als sie sie geöffnet hat, winkt sie Achmed und Mochtar mit der Hand zu. Dann ist sie verschwunden.

Miguel sieht auf seine Uhr.

»Ich werde jetzt auch gehen. Es ist Viertel nach neun. Ich sehe dich morgen auf dem Kai.«

»Komm nicht zu spät«, warnt ihn Feigel. Ärgerlich sieht er auf seine Zigarre, die wieder ausgegangen ist.

»Mein Hotel befindet sich am Zeeburgerdyk«, teilt Miguel ihm mit. »Die Telefonnummer ist neun-neun-null-sechs-vier. Hier, ich schreib sie dir auf, zusammen mit der Adresse. Man kann nie wissen.«

Er sucht nach seinem Federhalter. Oder nach einem Bleistift. All das interessiert mich nicht mehr. Es hat sich alles geklärt. Sie sind Mädchenhändler, die für die besten Märkte dieser Ware arbeiten, nämlich den Mittleren Osten und Lateinamerika. Das hätte ich gleich begreifen sollen. Ich gehe ans andere Ende des Balkons, zu der Backsteinwand, die ihn von dem des Forschungsinstituts nebenan trennt. Ich trete auf die Balustrade und klettere auf die Mauer. Ihre Krone ist schlüpfrig, und hinter mir geht es senkrecht nach unten, aber das macht mir nichts aus. Meine Augen sind auf den etwas zurückliegenden Balkon über mir gerichtet. Ich reiche hinauf und packe die beiden Eisenstäbe des Geländers. Während ich mich hochziehe, schmerzen meine lange vernachlässigten Muskeln, aber ich schaffe es. Ich steige über das Geländer auf die Zinkplattform.

Das breite Doppelfenster hat keine Vorhänge, und in dem niedrigen Raum befindet sich nicht ein Möbelstück. Die Fenster haben einen Griff auf der Innenseite, der eine Gleitstange bewegt. Eine leichte Sache, ich habe unzählige Male darüber gelesen: man preßt ein mit Schmierseife bedecktes Stück Packpapier auf die Glasscheibe und drückt sie ein. Ganz einfach. Vorausgesetzt, man hat immer ein dickes Stück Packpapier und Schmierseife bei sich, was ich nicht habe. Aber in der linken unteren Ecke entdecke ich ein kleines Loch im Glas. Von da laufen zwei Sprünge über die Scheibe. Ich wickle ein Taschentuch um meine Finger und befühle die Ränder des Lochs. Dann wackle ich mit unendlicher Vorsicht am Glas. Es bricht mit einem schwachen klingelnden Laut. Jetzt kann ich ein großes Stück entfernen. Nachdem ich das Bruchstück an die Wand gelehnt habe, stecke ich meinen Arm durch die Öffnung, drehe den Griff und mache das Fenster auf.

Rasch gehe ich durch den kalten Raum zur Tür. Sie führt auf einen dunklen Treppenabsatz. Die einzige Helligkeit kommt von dem Oberlicht der gegenüberliegenden Tür. Die Türoberlichter links und rechts davon sind pechschwarz. Das Zimmer mit dem erleuchteten Oberlicht muß ihres sein, die Dachkammer, die ich unten von der Straße aus sah.

Ich klopfe leise an die Tür.

»Wer ist da?« Es ist ihre Stimme.

Rasch reibe ich mein Gesicht mit dem Taschentuch trocken und kämme mein nasses Haar mit den Fingern. Dann stoße ich die Tür auf.

Die halbdunkle Dachkammer ist ziemlich warm, und in der Luft hängt der Geruch eines billigen Parfüms. Sie dreht sich auf dem eisernen Stuhl um, wobei sie ihren Hausmantel vorne zuzieht, und mustert mich mit gehobenen Augenbrauen. Ich bleibe im Türrahmen stehen, den nassen Hut in der Hand. Ich höre das Wasser auf die nackten Bodenbretter tropfen.

»Sie schon wieder!« sagt sie. »Schließen Sie die Tür.«

Als ich mich wieder zu ihr umwende, ist sie aufgestanden. Sie deutet auf den Eisenstuhl, und ich setze mich. Sie selbst läßt sich auf dem Rand eines billigen eisernen Bettgestells nieder. Es ist das einzige Möbelstück. Neben mir befindet sich ein improvisierter Toilettentisch, der aus drei aufeinandergestapelten Koffern konstruiert ist. Darauf stehen einige Cremedosen und Parfümfläschchen, ein Wasserkrug und ein Plastikbecher. Ein kleiner Reisespiegel lehnt an der getünchten Wand, flankiert von zwei Haarbürsten. Das Licht kommt von einem voll aufgedrehten Heizstrahler in der Ecke. Undeutlich erkenne ich einen Trägerrock und andere weibliche Kleidungsstücke, die auf Nägeln an der Wand hängen. Sie spricht zuerst.

»Ich kann alles erklären«, sagt sie eifrig. Sie beugt ihren Kopf dicht zu meinem herüber und fügt eilig flüsternd hinzu: »Es ist alles in Ordnung. Das Handgemenge, das Sie auf der Straße sahen, war nur ein Mißverständnis, wissen Sie.«

Unsere Köpfe sind so dicht beisammen, daß ich den Geruch ihres Haares wahrnehme. Nichts trennt uns mehr. Keine Leinwand, kein Schleier aus Glas.

»Sie befinden sich in den Händen von Gaunern, Fräulein Vanhagen«, sage ich ruhig. »Feigel hat Ihnen wahrscheinlich versprochen, Sie auf eine Tournee durch den Mittleren Osten mitzunehmen. Aber dort werden Sie an ein Bordell verkauft, und Sie kommen nie mehr nach Amsterdam zurück.«

»Das muß ein Irrtum sein, mein Herr!« Ihre Stimme klingt sehr freundlich und überzeugend. »Herr Feigel vertritt eine Reihe von Exportfirmen im Libanon. Er befindet sich jetzt, nachdem er durch Europa gereist ist, um neue Kontakte zu knüpfen, auf dem Weg dorthin zurück. Die beiden Ägypter, die Sie bei mir sahen, sind seine Assistenten. Es tut mir schrecklich leid, daß Sie niedergeschlagen wurden. Tatsache ist, daß die beiden Burschen in einer Bar gewesen sind. Sie fingen an, mich zu betatschen, kurz bevor wir das Haus betraten, und ich verlor die Geduld. Es war falsch von mir, der Polizei einen falschen Namen anzugeben, aber ich weiß, daß Herr Feigel nicht gern ins Gerede kommen möchte, und es erschien mir in dem Moment als die einfachste Lösung. Sie können sich bei Herrn Feigel selbst davon überzeugen, daß alles in Ordnung ist. Er ist unten.« Sie schenkt mir ein gewinnendes Lächeln. Ihre Wangen glühen im Licht des Heizstrahlers, ihre Augen glänzen. »Und Herr Feigel würde mich kaum verkaufen! Er hat mich an meinem Arbeitsplatz kennengelernt, und als ich ihm erzählte, daß ich gern ein bißchen von der Welt sehen würde, stellte er mich als seine Sekretärin ein. Sie wurden falsch informiert. Irgend jemand in Ihrem Büro muß einen Fehler gemacht haben.«

»Sie sind es, die einen Fehler macht, Fräulein Vanhagen«, sage ich müde zu ihr. »Ich bin kein Polizeibeamter.«

Sie zuckt ungeduldig die Achsel.

»Natürlich sind Sie kein gewöhnlicher Polizist. Sie gehören einer Sonderbehörde an, der Fremdenpolizei.«

»Nein. Hendriks ist tatsächlich mein richtiger Name, und ich bin Buchhalter im Kaufhaus Bijenkorf.«

»Nun, wenn Sie es so haben wollen, dann...« Sie bricht plötzlich ab und wirft mir einen prüfenden Blick zu. Ich bemerke, daß ihre schwarzen Pupillen braun gesprenkelt sind. Wir sehen uns eine Weile an. Dann fährt sie langsam fort: »Ja, ich glaube Ihnen. Aber warum sind Sie eigentlich zurückgekommen?«

Ich ziehe die rote Börse aus meiner Tasche und gebe sie ihr.
»Weil ich Ihnen dies zurückgeben wollte.«

Sie legt sie auf das Bett neben sich, ohne sie genauer anzusehen, und sagt:

»Meine Adresse steht da drin. Warum haben Sie sie nicht zur Oudegracht geschickt?«

Ich schiebe den Eisenstuhl zurück, so daß ich meinen schmerzenden Rücken an die Wand lehnen kann, lege den Hut auf den Boden und nehme mein Zigarettenetui heraus. Ich biete ihr eine an und setze ihre und meine Zigarette in Brand. Dann sage ich:

»Ich hatte bemerkt, daß Sie nicht wirklich auf den Klingelknopf der Pension Jansen gedrückt haben. Da ich hinter dem Dachkammerfenster dieses leeren Hauses Licht sah, kam mir in den Sinn, daß Sie sich vielleicht hier versteckt hätten. Und der Ausweis, den ich in Ihrer Börse fand, bewies, daß Sie der Polizei einen falschen Namen angegeben hatten. Ich kam hierher, weil ich dachte, daß Sie sich in Schwierigkeiten befänden und Hilfe bräuchten.«

Sie nickt langsam. Sie zieht an ihrer Zigarette und fragt:
»Wie haben Sie von Feigel erfahren?«

»Ich mußte an der Rückseite des Hauses hinaufklettern. Als ich soeben an dem Balkon des Stockwerks unter uns vorbei kam, blieb ich dort einen Augenblick stehen und bekam einen Teil einer Unterhaltung zwischen Feigel und einem Mann namens Miguel mit.«

Sie raucht eine Weile schweigend. Dann sieht sie mich mißtrauisch an und sagt trocken:

»Ich wußte, daß man hohe Qualifikationen haben muß, um einen Job im Bijenkorf zu bekommen. Aber ich wußte nicht, daß die von ihren Buchhaltern erwarten, Experten im Fassadenklettern zu sein. Ich bin mir nicht ganz sicher, ob Sie sind, was Sie behaupten zu sein, aber ich werde Ihnen trotzdem die Wahrheit erzählen. Sie haben sich die Mühe gemacht, mir zu helfen, und Sie sollen nicht von mir denken, ich wüßte das nicht zu schätzen.« Sie langt an mir vorbei und drückt ihre Zigarette im Deckel einer Cremedose aus. Wieder streift mich ein Hauch vom Geruch ihrer Haare und ihres Körpers. Sie steckt die Hände in die Taschen ihres Hausmantels und fährt mit gleichmäßiger Stimme fort: »Feigel ist in der Tat ein Geschäftsmann, wie ich soeben schon sagte, aber ich bin nicht seine Sekretärin. Ich kann nicht einmal richtig buchstabieren! Ich kann schlecht und recht singen und tanzen. Jedoch nicht gut genug, um es damit zu etwas zu bringen. Feigel betätigt sich unter anderem als Impresario. Ich lernte ihn vor einigen Monaten im Tanzlokal ›Chez Claude‹ kennen, wo ich eine Singnummer vorführe. Als er mir erzählte, daß er im Libanon lebt, fragte ich ihn, halb im Spaß, ob er nicht eine Tournee in den Mittleren Osten für mich arrangieren könne. Er gab mir seine Adresse in Beirut und bat mich, ihm ein Bild von mir zu schicken, dann würde er sehen, was er für mich tun könne. Nun, ich schickte ihm das Bild, in derselben Gemütsverfassung, wie man ein Lotterielos kauft. Doch als er letzte Woche zurückkam, sagte er mir, daß er alles arrangiert habe und daß ich zusammen mit ihm nach Alexandria reisen könne, umsonst.«

Sie schweigt und sieht mich erwartungsvoll an. Als ich mich eines Kommentars enthalte, zuckt sie die Schultern und fährt fort:

»Ich werde ungefähr sechs Monate fort sein. Ein bißchen von der Welt sehen und etwas Geld sparen, wenn ich Glück habe. Die Ölleute dort haben Geld wie Heu, wissen Sie, und sie sind nicht so kritisch wie das Nachtklubpublikum in Amsterdam! Wenn ich zurück bin, werde ich sehen, was ich mit meinem festen Freund hier mache. Er ist nämlich Student. Er war sehr traurig, als ich ihm sagte, daß ich fortgehe. Feigel kennt ihn auch, er hat ihn heute abend, etwas früher, zum Essen eingeladen, um ihn ein bißchen zu trösten und um ihm zu bestätigen, daß alles in Ordnung ist.«

»Es ist nicht alles in Ordnung«, sage ich, »und meine Warnung gilt noch immer. Ich habe jene Länder besucht, und ich weiß, daß deren Bars, Nachtklubs und was es sonst noch gibt, ihre weißen Unterhaltungskünstlerinnen aus Griechenland, Italien oder Südfrankreich rekrutieren, nicht aus Amsterdam. Auch die Sache mit Ihrem Foto gefällt mir nicht. War es ein Porträt?«

»Nein«, antwortet sie ruhig, »eher mehr als das.«

»Genau wie ich es mir gedacht habe. Das bedeutet, daß Feigel das Bild ein paar reichen Lüstlingen gezeigt hat, und einer sagte, er würde kaufen.«

»Ich habe hier in Amsterdam ganz gut auf mich selbst aufpassen können«, bemerkt sie mürrisch. »Ich sehe also nicht, warum ich es im Osten nicht auch können sollte.«

»Sie wissen nicht, wovon Sie reden. Die haben andere Maßstäbe da drüben. Die Frau wird dort immer noch als Sklavin betrachtet und als solche behandelt. Und niemand wird einen Finger krümmen, um Ihnen zu helfen.«

Sie beißt sich auf die Unterlippe und runzelt die Stirn. Dann, mit einem Mal, hellt sich ihre Miene auf, und ein warmes Lächeln tritt auf ihr lebhaftes Gesicht.

»Sie sind ein merkwürdiger Mann, Herr Hendriks, aber ich glaube, Sie meinen es ehrlich. Ich werde heute nacht über Ihren Rat sorgfältig nachdenken. Warum ziehen Sie den nassen Mantel nicht aus? Während er trocknet, könnten wir uns über erfreulichere Themen als potentielle Sklavenmädchen unterhalten. Über Sie, zum Beispiel. Das fände ich sehr schön. Die Leute unten denken, daß ich zu Bett gegangen bin, es wird uns hier also niemand stören.«

Ihr Tonfall sagt mehr als die Worte. Aber ich habe die innere Gewißheit, daß dies erst der Anfang ist, und ich will nicht, daß es auf so beiläufige Weise geschieht. Deshalb stehe ich auf und sage:

»Ich werde Ihnen später alles erzählen, was Sie wissen wollen. Das heißt, wenn Sie sich entschließen, meinem Rat zu folgen.« Ich hole meine Brieftasche hervor und kritzle meine Telefonnummer auf eine der Visitenkarten. Nachdem ich sie ihr gegeben habe, notiere ich mir für meine eigenen Zwecke die Nummer neun-neun-null-sechs-vier auf einer alten Rechnung. Man kann nie wissen, wie Miguel sagte. Dann frage ich: »Sie könnten sofort von hier fortgehen, wenn Sie wollten, oder?«

»Natürlich. Diese drei Koffer enthalten alles, was ich besitze.« Sie erhebt sich ebenfalls und fragt: »Wenn ich Sie morgen früh anrufen sollte, würden Sie mich dann abholen?«

»Ja. Ich habe einen Volkswagen. Betagt, aber er läuft noch.«

Ihre Lippen streifen meine. Während sie zurücktritt, sagt sie praktisch:

»Sie sollten das Haus besser durch den Vordereingang verlassen. Das ist sicherer und bequemer, denke ich.« Sie geht zur Tür und flüstert: »Sie warten hier. Ich gehe gerade nach unten und vergewissere mich, daß die Luft rein ist. Es ist völlig unnütz, unangenehme Situationen zu provozieren.«

Nachdem sich die Tür leise hinter ihr geschlossen hat, setze ich mich auf die Bettkante. Es ist lange her, daß ich so auf dem Bett einer Frau gesessen habe. Es vermittelt einem das Gefühl einer nüchternen Intimität, das richtig zu würdigen ich versäumt habe, als ich, nun schon vor langer Zeit, die Vergangenheit rekonstruierte, bevor der Schleier zerriß und ich die Gegenwart entdeckte. Es geht mir durch den Sinn, daß es viele andere Dinge gab, die ich jahrelang als selbstverständlich hingenommen habe. Auch sie bedürfen einer Neubewertung. Zumindest müssen sie anders formuliert werden.

Ein wenig keuchend schlüpft sie ins Zimmer.

»Es ist alles in Ordnung«, flüstert sie. »Ich habe an der Tür des großen Salons gehorcht. Sie unterhalten sich noch lebhaft. Auf Wiedersehen!«

Sie reicht mir meinen Hut und drückt mir etwas Kaltes, Flaches in die Hand.

»Es ist ein Ersatzschlüssel für die Haustür. Sollte sich herausstellen, daß Sie ihn nicht brauchen, behalten Sie ihn einfach. Als Souvenir!«

Sie schiebt mich hinaus, und die Tür schließt sich geräuschlos hinter mir.

Ich gehe leise über den nackten Dielenboden zu der schmalen Treppe am Ende des Absatzes. Dort halte ich einen Moment inne und lausche. Das Haus ist still. Ich höre nur das Geräusch eines Lastwagens, der unten auf der Straße vorbeirumpelt. Auch die Treppe ist nicht mit Teppichboden ausgelegt, deshalb trete ich vorsichtig auf, um das Knarren von Stufen zu vermeiden.

Der geräumige Treppenabsatz des Stockwerks darunter ist schwach, aber kunstvoll von einer Straßenlaterne erleuchtet, deren Licht durch das bunte Glas eines hohen gotischen Fensters gefiltert wird. Lustige Flecken mildern den strengen Gesichtsausdruck des römischen Kaisers, dessen Marmorbüste in einer Nische der nackten Wand steht. Wahrscheinlich sind die Marmordamen in dem großen Salon ebenfalls römisch, nicht griechisch. Nette kultivierte Leute leben hier, Leute mit einem altmodischen Geschmack für Renaissance-Kunst.

Ich gehe über einen dicken Teppich zu der breiten Treppe hinüber. Der Endpfosten ist aus massiver Eiche, und seine Spitze stellt einen geschnitzten lebensgroßen Januskopf mit den zwei Gesichtern dar. Als ich meine Hand auf seine hölzernen Locken lege, kracht ein schweres Gewicht auf mich herab.

Der Schnee auf dem Fudschijama

Es ist dunkel und kalt. In meiner Lunge ist ein brennender Schmerz und in meinen Ohren ein hohes Klingeln. Ich will das weiche, festsitzende Ding, das mich erstickt, von meinem Gesicht reißen, aber ein unerträglicher Schmerz schießt mir durch die Schultern, und ich weiß, daß meine Arme nicht mehr da sind. Das weiche Ding, das mich blind macht und erstickt, hat sich ein wenig verschoben, doch jetzt schneidet die kalte Luft durch meine Lunge wie ein Messer. Das Messer eines Chirurgen. Denn ich liege mit festgebundenen Armen und Beinen auf dem Operationstisch. Ich will schreien, die Krankenschwestern darauf aufmerksam machen, daß die Anästhesie nicht funktioniert. Aber dann wird alles undeutlich und verschwommen.

Der hämmernde Schmerz, der meinen Schädel auseinanderzureißen dröht, weckt mich auf. Ich schnappe verzweifelt nach mehr Luft. Die Luft schneidet nicht mehr, sie ist jetzt dick und schwer und voller Staub. Ich beginne zu husten. Der Ansturm des Blutes wird meine geschwollenen Augen aus ihren Höhlen springen lassen, und die Wunde an meiner Stirn pocht so heftig, daß auch diese bald zerspringen wird. Ich bemerke nun, daß ich meine Arme noch habe. Sie sind auf meinen Rücken gebunden, und ich liege auf ihnen, auf dem Boden, unter einer dicken, weichen Decke. Ich ersticke und werde bald tot sein. Ich friere, und mir ist kalt bis auf die Knochen, wie es sich für einen Leichnam gehört.

Ich öffne meinen ausgetrockneten Mund weiter. Jetzt ist die Luft glühendheiß, sie brennt in meiner Lunge. Ich versuche zu schlucken, und ein Übelkeitsgefühl steigt aus meinem Magen

hoch. Ich würge heftig, ersticke beinahe an der säuerlichen Flüssigkeit, die meine Speiseröhre füllt. Es gelingt mir, die Flüssigkeit auszuspucken, aber einiges davon ist in meine Nasenhöhle gedrungen, und ich niese und huste zur gleichen Zeit. Nun weiß ich, was los ist. Die Japaner setzen mich wieder der Wasserfolter aus. Jetzt, da ich am Rande des Ertrinkens bin, werden sie die nassen Handtücher von meinem Gesicht nehmen. Aber die Handtücher sind trocken, voller Staub. Ich bekomme etwas Luft, aber nicht genug, und mein Körper stirbt.

Ich weiß, daß er gestorben ist, denn nun bin ich zweierlei: ein toter Körper und ein lebendiger Geist. Der Körper muß tot sein, da alle körperlichen Empfindungen aufgehört haben. Ich atme nicht, meine Glieder schmerzen nicht. Ich bin blind und taub. Aber der Geist ist lebendig und wach, denn dort formt sich ein Satz. »Die Frau ist der Tod, und die Lust auf die Frau ist der Anfang vom Tod.« Diese Worte stehen klar vor meinem Geist. Ich muß sie irgendwo gelesen haben. »Die Frau bringt den Tod hervor, weil sie neues Leben hervorbringt.« Es muß ein buddhistischer Text gewesen sein. Es existiert ein ewiger Kreislauf, der alle lebenden Wesen in ihrer selbstverursachten Knechtschaft gefangenhält, der Knechtschaft ihrer Lust, ihrer Liebe, ihres Hasses. Doch ich habe den Kreislauf durchbrochen, weil mein Körper und alle seine Empfindungen tot sind. Wie kann dies alles mich dann berühren? Da ist der Name einer Frau: Lina. Lina ist tot. Und da ist ein doppelgesichtiger Kopf. Welches könnte die Verbindung sein? Ich kann die Antwort nicht finden, und es ist mir egal. Denn ich bin nur noch Geist, und der Geist ist frei. Frei wie ein Vogel in der Luft. Wenn ich beschließe, vollständig zu sterben, werde ich sterben. Wenn ich mich entscheide, in dieser schweigenden Welt zwischen Leben und Tod zu schweben, werde ich das tun. Laß sie die Handtücher nicht wegnehmen! Wenn sie die Handtücher wegnehmen, kehren meine Gefühle zurück und haben mich wieder in ihrer Gewalt. Zuerst der Zorn.

Zorn auf Hauptmann Uyeda, der mir die Bürde des Lebens wieder aufzwingt.

Ja, ich war zornig auf Hauptmann Uyeda. Aber ich haßte ihn nicht. Nicht gleich nach der Folter, wenn ich noch ein toter Körper und ein lebendiger Geist war. Denn in jenem ersten Bruchteil einer Sekunde war mein Geist noch hoch oben in der kalten blauen Luft. Außerdem war Uyeda mein Henker, fast jedenfalls, und zwischen dem Henker und seinem Opfer besteht ein mystisches Band.

Wir sind uns sehr nahe, wir beide, ich liege auf dem Zementfußboden des Gefängnishofes, er sitzt vornübergebeugt auf einem Eisenstuhl und sieht durch seine großen Brillengläser mit einem eulenhaften, verwunderten Blick auf mich herab. »Schwere Folter kann einen manchmal in Meditation versetzen«, sagt er in seinem langsamen, präzisen Englisch. »Sie sind jetzt zornig, weil ich Sie vom schneebedeckten Gipfel des Fudschijama zurückgeholt habe.« Er rückt seine Brille zurecht und fügt nachdenklich hinzu: »Vom Gipfel des Berges Wu-tal sollte ich vielleicht besser sagen. Denn das ist der Berg, der in den ursprünglichen Zen-Texten vorkommt. Wir nennen ihn Fudschijama, weil der Fudschijama unser heiliger Berg ist und weil wir Japaner dazu neigen, uns als das Zentrum aller Dinge zu betrachten. Das ist eine armselige und ungerechtfertigte Imitation der chinesischen Haltung. Ein schwerer Fehler, für den wir teuer bezahlen werden, fürchte ich.« Er seufzt und wendet sich dem Stapel dünner Blätter auf dem kleinen Eisenschreibtisch zu. Die Notizen meines Verhörs.

Hauptmann Uyeda hat mehrere solche Protokolle vor sich liegen. Sie sind ordentlich mit einem roten Bindfaden zusammengenäht. Er liebt sie, und ich liebe sie auch. Denn wenn er sie befragt, bedeutet dies einen kurzen Aufschub für mich. Und ich habe diese Unterbrechungen dringend nötig, weil ich Weihnachten 1944 besonders grausam gefoltert wurde. Zwei Soldaten haben mich auf die Beine gezerrt und halten mich an meinen Armen aufrecht. Einer von ihnen hat ständig seine rechte Hand frei. Das ist die festgelegte Routine. Hauptmann Uyeda denkt noch immer über seine Notizen nach. Plötzlich blickt er auf und starrt mich durch seine große Hornbrille an.

»Heute morgen haben Sie mir nicht ›Fröhliche Weihnachten‹ gewünscht«, sagt er vorwurfsvoll. »Außerdem fällt mir auf, daß Sie, selbst in extremem Schmerz, niemals Gott anrufen. Das sollten Sie, als Christ.«

»Ich rufe nie etwas an, an das ich nicht glaube«, murmle ich mit meinen blutenden Lippen.

Uyeda nickt ernst.

»Das bedeutet, daß Sie Atheist sind. Erzählen Sie mir, warum.«

Ich weiß, daß, wenn ich nicht antworte, der Soldat zu meiner Rechten mir mit seinem Stock auf den Kopf schlagen wird. Dann werde ich ohnmächtig, und das wird das Ende der Folter sein. Für heute wenigstens. Ich bin sehr gerissen geworden in diesen Dingen. Deshalb antworte ich nicht.

Aber Uyeda hat dem Soldaten ein Zeichen gegeben, und er schlägt mich nicht.

»Ich würde es wirklich gern wissen«, sagt Hauptmann Uyeda sanft. »Vor einigen Jahren erhielt ich den Befehl, ein Semester lang ein christliches College in Kobe zu besuchen, um die politischen Ansichten der Studenten kennenzulernen und um mein Englisch zu verbessern. Alle ausländischen Professoren dort glaubten an Gott.«

Unerklärlicherweise macht mich diese sachliche Feststellung plötzlich wütend.

»Schauen Sie sich doch all die sinnlose Grausamkeit, die brutale Gewalt, die monströse Ungerechtigkeit und das hoffnungslose Leiden in dieser Welt an, durch Tausende von Jahrhunderten hindurch! Schauen Sie sich dieses erbärmliche Possenspiel an, das wir Leben nennen! Wie kann man ernsthaft glauben, daß es eine höhere Macht gibt, die zuläßt...«

Nun schlägt mich der Soldat zu meiner Rechten, aber nicht auf den Kopf. Das Schwein schlägt mich hart auf mein Schienbein. »Entschuldigen Sie sich, Sie erheben die Stimme gegen einen kaiserlichen Beamten!« schnauzt er mich an.

Ich beginne in frustrierter Wut zu schreien. Hauptmann Uyeda sieht mich mit einem milde verwunderten Blick an.

»Sehr interessant«, kommentiert er. »Ich muß Ihre Antwort mit der unserer japanischen Kommunisten vergleichen. Ich werde Tokio um Protokolle ihrer Verhöre durch die Militärpolizei bitten.«

Dieser verwunderte Blick ist mir vertraut. Wenn ich gezwungen werde, der Folterung anderer Gefangener zuzuschauen, beobachte ich statt dessen den Hauptmann. Dann sehe ich denselben Blick in seinen Augen. Er ähnelt einem Chirurgen, der geduldig die tiefsten Geheimnisse des menschlichen Körpers sondiert. Diese unpersönliche Neugier machte Uyeda zum schlimmsten Folterknecht, viel schlimmer als die brutalen, stupiden Handlanger der Militärpolizei. Sein Gesicht trug denselben verwunderten Ausdruck, als wir ihn später hängten. Ich war ausgewählt worden, ihm die Schlinge um den Hals zu legen, während er dort unter dem Baum stand. Nur der rechte Arm war auf seinen Rücken gebunden, denn der linke war ihm von Ex-Gefangenen, die ihn mit seinem eigenen Stock verprügelt hatten, gebrochen worden. Als unser Arzt ihm anbot, seinen Arm zu richten, hatte Hauptmann Uyeda gesagt: »Lassen Sie nur. Sie werden mich an meinem Hals aufhängen, nicht an meinem Arm.« Alle Ex-Gefangenen sind nun sehr still, während sie um uns beide unter dem Baum herumstehen. Sie spüren das mystische Band zwischen dem Henker und seinem Opfer. Als ich ihm die Schlinge um den Hals gelegt habe, sind Uyedas letzte Worte: »Bitte prüfen Sie nach, was ich Ihnen über Zen zu erzählen pflegte. Ich habe meine Bücher in Japan zurückgelassen, und es könnte sein, daß ich falsch zitiert habe.«

Als wir die anderen Kriegsverbrecher verurteilten, erzählte mir ein japanischer Leutnant, der den hingerichteten Uyeda früher in Japan gekannt hatte, daß der Hauptmann bei einem alten Zen-Meister in Kioto studiert habe. Er hatte zufriedenstellende Fortschritte gemacht, aber der Meister schickte ihn fort, weil Uyeda das letzte ihm aufgegebene Rätsel nicht lösen konnte: »Der Schnee schmilzt auf dem Gipfel des Fudschijama.« Ich kann es auch nicht erklären. Denn die Spitze des Fudschijama ist von ewigem Schnee bedeckt, der niemals schmilzt. Ich frage mich oft, ob der Satz vielleicht falsch zitiert wurde. Denn Hauptmann Uyeda ist immer noch da, irgendwo tief in mir. Mein Geist ist für immer von seinen brennend heißen Eisen, von seiner beißenden Peitsche gekennzeichnet. Ich legte ihm die Schlinge um den Hals und ließ ihn hängen, bis der Tod eintrat. Aber ich konnte ihn nicht töten.

Der Meister schickte ihn fort, aber mich kann niemand fortschicken. Weil ich jetzt auf dem Gipfel bin, mitten im ewigen Schnee, und niemand kann mich berühren. Der Schnee ist weiß, und die stille Luft ist blau. Es ist eine makellose gefrorene Welt. Der Frost reinigt den Geist, und ich bin nun ein vollkommener Bestandteil dieser zeitlosen, weißen Welt.

Plötzlich werde ich von einem blendenden Licht aufgeschreckt. Es ist so stark, daß es droht, meinen Geist aufzulösen, meinen Schädel in Myriaden kleiner Teilchen zu spalten und in einem weiten leeren Raum zu zerstreuen. Die Luft, die in meine Lunge drängt, wird diese platzen lassen. Uyeda, der grausame Teufel, nimmt die Handtücher von meinem Gesicht, er zerrt mich wieder ins Leben zurück. Ich höre seine Stimme, er... Nein, es ist nicht seine Stimme. Dennoch ertönen die Worte hoch über mir, wie wenn er von seinem Eisenstuhl zu mir herabspräche.

»Er atmet. Schade. Ich hätte die Decke um seinen Kopf wikkeln sollen. Ganz fest.«

Eine andere Stimme spricht die klangvolle arabische Formel aus:

»Gelobt sei Gott! Denn du hattest nicht den Befehl, ihn zu töten. Noch nicht.«

Das war Achmed. Dann die mürrische Stimme von Mochtar: »Wir hätten es als Unfall bezeichnen können.«

Ich sehe zwei blaue Hosenbeine, dicht an meinem Kopf. Ich sehe sie durch einen roten Schleier, aber sie sind da. Außerdem sehe ich ein Paar kleine spitze gelbliche Schuhe. Ich schließe meine geschwollenen Augen. Das Licht tut weh. Jeder Zentimeter meines Körpers schmerzt.

»Er ist immer noch bewußtlos«, sagt Achmed. »Ich hoffe, ich habe ihn nicht zu fest mit meinem Totschläger erwischt. Wenn er einen Schädelbruch hat, kann Feigel ihn nicht verhören.«

Das Schmerzgefühl konzentriert sich plötzlich durchdringend an einem Punkt in meiner Seite und strahlt dann in den ganzen Körper aus.

»Nicht!« sagt Achmed scharf. »Wenn du ihm die Rippen eintrittst, stirbt er vielleicht. Zuerst muß er reden.«

»Er sollte sterben, der dreckige Polizeispitzel!«

»Feigel stellt die Nachforschungen an, und Feigel soll entscheiden.«

»Die Schlampe sagte, sie hätte ihm angeboten, mit ihr zu schlafen, und er hat abgelehnt. Das beweist, daß er ein Spion ist.« Ein lauter Rülpser ertönt. »Dieser Büchsenreis war Gift, sage ich dir. Und ich kann diese verdammte feuchte Kälte nicht ertragen. Ich werde den Ofen anmachen.«

Alles wird wieder dunkel. Als ich dieses Mal zu mir komme, ist mein Verstand ziemlich klar. Ich liege auf einem glatten Boden aus Holzbrettern. Die Decke, zu der ich hinaufsehe, ist ebenfalls aus Holz. Sie besteht aus schweren, leicht gebogenen

Balken und ist mit einem dunkelbraunen Firnis bedeckt. Ich schließe die Augen und denke über die soeben mitgehörte Unterhaltung nach. Es scheint mein Schicksal zu sein, wegen dummer Mißverständnisse mißhandelt zu werden. Die japanische Militärpolizei hielt mich irrtümlicherweise für einen Geheimagenten, und nun halten mich diese Leute für einen Polizeispitzel.

Mit unendlicher Vorsicht bewege ich meinen Kopf einen Zentimeterbruchteil. Der klopfende Schmerz beginnt von neuem, diesmal in meinem Hinterkopf. Das ist die Stelle, wo Achmed mich getroffen hat. Ich öffne die Augen. In der dunklen Mahagoni-Täfelung an der Wand vor mir befindet sich eine kupfergefaßte runde Luke. Nun weiß ich, wo ich bin: im Salon eines Schiffes. Aber das Schiff liegt still und in sehr ruhigem Wasser, denn es ist kein Wellengeplätscher zu hören und kein Schwanken zu spüren. Es ist die ›Djibouti‹, das Schiff, von dem die Rede war. Das bedeutet, daß wir am Levant Kai liegen. Es ist totenstill, und die Luke ist dunkel.

Der Salon scheint ziemlich groß zu sein, und ich liege sorgfältig verschnürt in einer Ecke. Eine dicke graue Decke befindet sich zusammengeknüllt in der Nähe meiner Schulter. Wenn ich meinen Hals ein bißchen recke, sehe ich eine Tür. Mein Regenmantel und mein schwarzer Filzhut hängen ordentlich auf einem Kupferbügel. So ist es recht, man sollte keine Anhaltspunkte zurücklassen. Und ich bin mit dünnen glatten Stricken gefesselt. Eine saubere, fachmännische Arbeit, ausgeführt von Feigel, Achmed und Mochtar, und von Eveline.

Der Geruch von Teer und frischer Farbe vermischt sich mit dem Duft ägyptischer Zigaretten. Ich höre das Knacken eines Rattanstuhls, dann Mochtars Stimme:

»Feigel muß aus diesem erbärmlichen Ungläubigen herausbekommen, ob er anderen von Abelstraat 53 erzählt hat. Bevor er dorthin kam, um uns nachzuspionieren und die Schlampe auszufragen.«

»Das spielt keine Rolle mehr. Niemand ist dort außer der Frau, und die redet nicht. Feigel sagt, daß niemand dieses Hausboot kennt. Hier sind wir sicher.«

Achmed schweigt. Wir sind immer noch in Amsterdam, aber auf einem Hausboot und nicht auf der ›Djibouti‹.

Das Boot muß irgendwo in einem ruhigen Teil der Stadt in einem Kanal liegen, wahrscheinlich im Hafenviertel. Als Achmed wieder spricht, scheint er seine Worte sorgfältig zu wählen.

»Ich erinnere mich nun, Mochtar, daß ich dich zu Feigel etwas von einem Hausboot sagen hörte. Vorgestern, um genau zu sein. Ich habe zu dem Zeitpunkt nicht besonders darauf geachtet. Ich dachte, ich hätte mich verhört, weil dein Englisch schrecklich ist. Doch jetzt kommt es mir merkwürdig vor, daß ihr, du und Feigel, vorgestern über dieses Hausboot spracht. Das heißt, bevor uns die Frau über die Anwesenheit des Spions informierte und bevor Feigel uns erzählte, daß er hier ein Hausboot hat, das der richtige Ort wäre, um den Spion zu verhören.«

Es entsteht eine lange Pause. Ich wollte, sie führen fort, denn ihre Unterhaltung lenkt mich von meiner zunehmend unbequemen Lage ab. Jetzt, da der Raum sich erwärmt, beginnen die Stricke in meine Hand- und Fußgelenke zu schneiden. Plötzlich sagt Mochtar, mürrisch wie immer:

»Ich kann mich nicht erinnern, in welchem Zusammenhang Feigel dieses Boot mir gegenüber erwähnte.«

»Ich hatte angenommen«, sagt Achmed in der gleichen bedachtsamen Art wie zuvor, »daß sich deine Unterhaltungen mit Feigel immer auf die praktischen Bedürfnisse des Augenblicks beschränkten. Diese Annahme war offensichtlich falsch.«

Mochtar reagiert nicht auf diese Bemerkung. Nach einer Weile sagt er:

»Ich traue Mikhail nicht. Er gehört nicht zu den Männern des Scheichs, und Feigel hat ihn in Paris mir nichts dir nichts aus dem Hut gezaubert. Der Bursche stellt zu viele Fragen für meinen

Geschmack. Außerdem behauptet er, daß er im Zimmer des Studenten absolut nichts gefunden hat. Aber da muß etwas sein. Sonst wäre dieser dreckige Polizeispitzel nicht auch dort aufgetaucht.«

»Feigel vertraut Mikhail. Wenn Mikhail sagt, da war nichts, dann war da nichts.«

»Was, wenn die Frau gegenüber dem Studenten geplaudert hat?«

»Der Student ist ein junger Dummkopf, er ist unwichtig. Feigel hat ihn in seinen Nachtklub mitgenommen und ihm ein gutes Abendessen und viel starken Alkohol spendiert. Als Feigel ging, glotzte der Student die Vorstellung an, betrunken. Was kein Wunder ist, denn die Frau sagte, er trinkt nie Alkohol.« Nach einer Weile fährt er fort: »Feigel ist spät dran. Es ist nach Mitternacht.«

Das bedeutet, daß ich mehrere Stunden bewußtlos gewesen bin. Alles fing damit an, daß ich auf der Treppe in der Abelstraat 53 meine Hand auf die hölzernen Locken des Januskopfes legte. Jetzt hat ein neuer Tag begonnen, der neunundzwanzigste Februar. Der zusätzliche Tag eines Schaltjahres. Ich bin k. o. geschlagen und hübsch verschnürt auf ein Hausboot entführt worden und soll gleich verhört werden, mit allem Drum und Dran. Ausgerechnet in Amsterdam. ›In Amsterdam passiert nie etwas‹, beklagt sich mein Freund, der Journalist, häufig.

Ich kann meinen Kopf jetzt ein bißchen weiter herumdrehen. Achmed sitzt zurückgelehnt in einem Rattanstuhl. Vor ihm steht ein niedriger Rauchtisch in maurischem Stil: eine runde Messingplatte auf einem Elfenbeingestell. Vermutlich sitzt Mochtar auf der anderen Seite, aber er befindet sich außerhalb meines Blickfeldes. An der Wand hängt ein farbiges Bild in einem vergoldeten Rahmen. Ich glaube, es ist eine Ansicht vom Amsterdamer Hafen.

»Warum hat Feigel zugelassen, daß die Frau mit diesem erbärmlichen Studenten ins Bett geht?« fragt Achmed. In seiner Stimme schwingt eine Spur Gereiztheit mit. »Er ist arm, und er kleidet sich ärmlich. Er braucht zwei verschiedene Brillen, und er kämmt sich nicht einmal das Haar. Und sein Englisch ist so schlecht wie deins, Mochtar.«

»Frauen gehen, wohin ihr Fleisch sie zieht«, erwidert Mochtar verächtlich. Nur sagt er nicht ›Fleisch‹, sondern er benutzt ein Wort aus der Gosse.

Achmed wirft ihm einen gequälten Blick zu.

»Ein alter Gelehrter erzählte mir einmal«, sagt er mit seiner gemessenen Stimme, »daß er in unserer literarischen Sprache neunundvierzig verschiedene Ausdrücke für den Körperteil gezählt habe, auf den du dich eben bezogst, sowohl direkte als auch blumige. Aber du, Mochtar, mußt ein schmutziges modernes Wort verwenden, das Jungen auf die Gehwege kritzeln.«

»Ich spreche, wie ich zu sprechen gelehrt wurde«, antwortet Mochtar scharf.

»Von den Prostituierten und Zuhältern, die dich großgezogen haben.«

Es tritt ein tödliches Schweigen ein. Ich erwarte einen heftigen Streit. Aber Mochtars Stimme klingt gleichgültig, als er sagt:

»Ich muß deine Beleidigungen hinnehmen, Achmed, weil der Scheich dich über mich gestellt hat, so wie du Feigels Schelte hinnehmen mußtest, als du dich heute abend auf der Straße mit der Frau gestritten hast.« Da Achmed auf diese Bemerkung nicht reagiert, fährt er fort: »Ich frage mich, warum der Scheich einen Mann jüdischer Herkunft gebraucht.«

Achmed setzt sich auf.

»Feigel ist kein Jude«, erwidert er scharf.

»Ich sage nicht, Feigel ist ein Jude. Ich sagte, er ist jüdischer Abstammung. Ich weiß es. Ich rieche so etwas, überall.«

»Du bist ein Dummkopf, Mochtar. Feigel war ein wichtiges Mitglied der Nazipartei. Die Nazis hatten einen viel besseren

Riecher für Juden als du, und sie ließen Feigel sogar ihre großen Pläne für die Judenvernichtung entwickeln. Bei Kriegsende gelang es ihm, aus Deutschland zu fliehen. Der Scheich besorgte ihm einen libanesischen Paß und half ihm, sich in Beirut niederzulassen. Denn es ist unsere Pflicht, für die besiegten Nazis zu tun, was wir können, weil sie uns Ägyptern helfen wollten, das Joch der weißen Imperialisten und der korrupten Paschas, die ihre Laufburschen waren, abzuschütteln. Der Scheich wollte, daß Feigel uns auf dieser Geschäftsreise begleitet, weil Feigel immer noch viele alte Freunde überall in Deutschland hat. Es hat das Kaufen und Verkaufen und das Einsammeln der Ware erleichtert – wie du selbst gesehen hast. Und ich würde keine kritischen Bemerkungen über einen Mann machen, den der Scheich, unser Herr, ausgewählt hat, Mochtar. Der Scheich ist großmütig, wie es sich für einen Mann Gottes geziemt. Aber er duldet keine Einmischung in seine Politik. Und ganz gewiß nicht von dir.«

»Nun, Feigel ist natürlich ein gerissener Bursche«, sagt Mochtar rasch. »Und er betrinkt sich nicht die ganze Zeit wie die meisten von diesen Ungläubigen. Aber wenn er trinkt, trinkt er reichlich, und dann beginnt er hemmungslos zu reden. Deshalb war ich etwas beunruhigt, weißt du.«

Achmed holt sein vergoldetes Etui hervor und zündet sich eine Zigarette an.

»Feigel betrinkt sich nie in der Öffentlichkeit«, sagt er ruhig. »Und er spricht nie über Geschäfte, nicht einmal, wenn er völlig blau ist. Es geht immer um seine Frau, und es ist immer dieselbe Geschichte. Daß sie verliebt waren, früher, irgendwo in Polen, und...«

»Wo ist Polen?« fragt Mochtar.

»Polen ist ein Land im Osten von Deutschland. Und unterbrich mich nicht. Sie waren verliebt, sagt Feigel, aber sie wurden getrennt. Er traf sie zufällig wieder, nach dem Krieg, als er vor den Feinden der Nazis floh, und sie half ihm, sich zu verstecken. Sie gingen nach Ägypten und heirateten in Kairo. Danach richtete er ihr ein schönes großes Haus in Beirut ein, und er hat keine anderen Frauen dort, was mich erstaunt. Denn wenn er betrunken ist, zeigt er mir immer ihr Bild, das er in der Brieftasche bei sich trägt, und sie ist alt und häßlich und hat ihm nie ein Kind geboren.«

»Du bist sehr gesprächig heute nacht, Achmed«, bemerkt Mochtar.

Achmed drückt seine Zigarette aus.

»Du hast eine törichte Bemerkung über Feigel gemacht«, entgegnet er ruhig, »und ich hielt es für meine Pflicht, dich im Interesse der reibungslosen Zusammenarbeit unseres Teams zu korrigieren.«

Achmed lehnt sich in seinen Stuhl zurück und setzt eine ausdruckslose Miene auf. Seine Augen haben den starren Blick, der an Orientalen zu beobachten ist, wenn sie sich in einen Zustand völliger geistiger Leere versenken.

Die Sandalen des Scheichs

Im Buch der Bücher, dem Vortrefflichen Buch, heißt es, daß Gott keiner Seele eine größere Last aufbürdet, als sie zu tragen vermag[1]. Dennoch ist eindeutig klar, daß uns dies nicht von der Pflicht entbindet, uns selbst zu bemühen. Und daran, jener Pflicht nachgekommen zu sein, habe ich in diesen vergangenen drei Wochen meine Zweifel gehabt. Ich hätte mit dem Scheich über mein Problem sprechen sollen, bevor wir Kairo verließen.

Das Reisen in heidnischen Ländern ist einer ruhigen Prüfung der moralischen Probleme nicht förderlich gewesen, und es ist niemand da, mit dem ich meine Schwierigkeiten erörtern kann. Mochtar zählt natürlich nicht, denn er ist ein ungebildeter Mensch und darüber hinaus in der Beachtung seiner religiösen Pflichten sehr nachlässig. Und seine Anfälle von Verdrossenheit sind in jüngster Zeit immer häufiger geworden. Ich kenne den Blick, mit dem er den unglücklichen Polizeispitzel dort in der Ecke anstarrt. Seine Augen wirken mürrisch, und doch ist ihnen eine gewisse gespannte Vorfreude anzusehen. Ich bemerkte den gleichen Blick in seinen Augen, bevor er den Kopten im inneren Raum der Residenz des Scheichs tötete. Der Kopte befand sich auch in einer Ecke, aber er stand aufrecht und war nicht gefesselt. Dennoch lag eine entsetzliche Angst in seinen Augen, als Mochtar sich ganz dicht vor ihn stellte. Mochtar sagte mit seiner üblichen unangenehmen Stimme zu ihm:

»Der Scheich hat mir befohlen, dir zu sagen, daß er keinen Groll gegen dich hegt.«

Ich erinnere mich an den Blick ungeheurer, ungläubiger Erleichterung, der auf das Gesicht des Kopten trat. Im selben

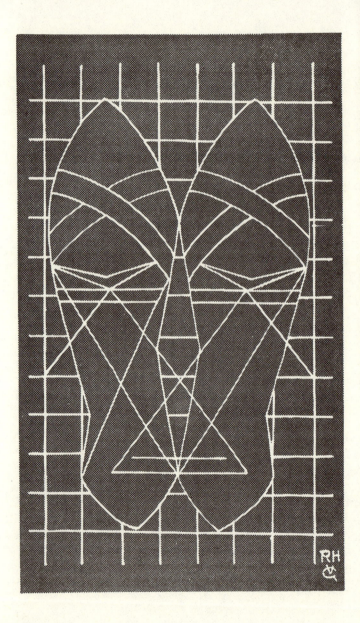

Moment steckte Mochtar seine Hand in die rechte Tasche und stieß dem Kopten ein langes dünnes Messer in den Unterleib. Dann riß er es mit einem wilden Ruck nach oben und schnitt dessen Eingeweide auf. Der Kopte sank zu Boden und griff sich an seinen aufgeschlitzten Bauch.

Der Kopte war ein Treuloser, der den Scheich betrog, und er hatte seinen Tod voll verdient. Trotzdem war es ein übler, unsauberer Tod. Um das Gefühl der Abscheu, das in mir aufstieg, zu verdecken, sagte ich lächelnd zu Mochtar:

»Solltest du jemals den Befehl erhalten, mich zu töten, Mochtar, tu es nicht auf diese Weise!«

Mochtar zuckte die Achsel. Ihm ist das alles egal. Ich denke oft, daß er geistig zurückgeblieben sein muß.

Als wir den inneren Raum verließen, kam mir in den Sinn, daß unser Scheich, der großmütig ist, dem Kopten wenigstens eine Gelegenheit hätte geben können, seine Gebete zu sagen. Ich wollte Mochtar nicht unterstellen, daß er die Botschaft erfunden hatte.

»Warum hast du diese Worte zu ihm gesagt, bevor du ihn erstachst?« frage ich.

»Weil es mir der Scheich aufgetragen hat«, antwortet Mochtar gleichgültig. »Der Scheich wollte, daß der Kopte mit dem Frieden Gottes in seiner Seele stirbt.«

Seine Antwort beschwichtigte meine törichten Zweifel. Der Scheich ist gerecht, aber er ist auch gnädig, weil er ein Mann Gottes ist. Er kennt das Buch von Anfang bis Ende auswendig, und wenn er, am offenen Fenster auf seinem Diwan liegend, daraus rezitiert, bleiben die Leute auf der Straße stehen und lauschen ehrfürchtig. Denn trotz seines fortgeschrittenen Alters hat der Scheich eine klangvolle Stimme, in der die fromme Ergebenheit des wahren Gläubigen vibriert. Wir, seine Diener, können uns wahrhaft glücklich preisen, ihm aufwarten und seinen Worten, die die Worte der Weisheit sind, lauschen zu dürfen.

Gott der Große und Allmächtige hat den Scheich mit unermeßlichem Reichtum und gewaltiger Macht gesegnet, und seine Residenz in Kairo besitzt viele Hallen und Höfe. Trotzdem ist sein Privatleben von strenger Einfachheit, und sein Tagesablauf befindet sich in Übereinstimmung mit den fünf Gebetszeiten, so wie es sein sollte. Nachdem er gefrühstückt und sein Morgengebet verrichtet hat, beginnen sich die arabischen Besucher in der Audienzhalle zu versammeln. Ich sehe sie an meinem Büro vorbeigehen, aber ich nehme nicht an den Sitzungen teil, denn am Vormittag versieht mein Kollege Mohammed den Dienst. Ich sehe prominente Männer unseres Landes, vertraute Berater unseres Präsidenten, den Gott segnen möge, weil er uns vom König und seinen korrupten Paschas befreit hat und weil er die jüdischen Horden vernichtete, als sie in unser Land einzudringen versuchten. Sogar aus Syrien, aus Saudiarabien, aus dem Jemen und aus Bagdad kommen Abgesandte. Der Scheich hört jeden von ihnen aufmerksam an und geizt nie mit seinem Rat. Ob es um religiöse Angelegenheiten geht oder um politische Probleme, um Fragen der Industrie, des Handels oder der Landwirtschaft.

Am Nachmittag empfängt er ausländische Besucher, und dann habe ich Dienst. Wir sitzen im Halbkreis vor dem Diwan des Scheichs, und ich dolmetsche für sie, und die untergeordneten Sekretäre führen Protokoll. Denn ich bin die Zunge des Scheichs in den Sprachen der Ungläubigen, so wie mein verstorbener Vater Hassan al-Badawi vor mir. Mochtar ist ebenfalls anwesend, weil er das Schwert des Scheichs ist. »Versuche deine Gegner mit den süßen Worten der Vernunft zu überzeugen«, sagte der Scheich einmal, »aber wenn sie an ihren Irrtümern festhalten und sich hartnäckig weigern, das Licht zu sehen, vernichte sie, so wie man eine Fliege vernichtet, die man in seinem Bettzeug entdeckt.« Ich ertrage Mochtar, weil seine Fehler letztlich seine Tugenden sind. In seiner Jugend in den Slums lernte er perfekt das Messer und die Halsschlinge schwingen. Und nachdem er in den Dienst des Scheichs getreten war, wurde er Experte im linkshändigen Pistolenschießen. Denn da er sein Messer und die Würgeschlinge in der rechten Tasche trägt, muß er die Pistole in der linken aufbewahren. Messer und Schlinge sind lautlos, und daher müssen sie zuerst benutzt werden.

Er steckt jetzt flink seine Hand in die rechte Tasche. Wird er den Spitzel töten, bevor Feigel ihn dazu aufgefordert hat? Nein, so dumm ist Mochtar nicht. Er holt sein Zigarettenetui aus der Tasche. Ich werde nervös, fürchte ich. Meine Gedanken gehen zurück zu den Tagen, da wir Kairo verließen, vor jetzt drei Wochen. Nachdem ich eine halbe Stunde beim Scheich gewesen war, ließ er Feigel und Mochtar herbeirufen. Zu mir sagte er: »Du wirst meine Zunge sein, Achmed, wie immer. Feigel soll dein Berater sein und Mochtar dein Schild. Sollte es neue Anweisungen geben, so werden sie dich durch Feigel erreichen, denn ich habe überall in den heidnischen nördlichen Ländern Punkte eingerichtet, an denen ich mit Feigel Kontakt aufnehmen kann.« Jetzt schießt mir plötzlich ein Gedanke durch den Kopf, und ich frage Mochtar:

»Feigel hat dir nicht zufällig befohlen, den Spitzel zu töten?«

Mochtar wirft dem armen verschnürten Teufel in der Ecke einen mißmutigen Blick zu. Dann wendet er sich mir zu und schüttelt den Kopf. Es war eine dumme Frage. Wie hätte es zeitlich möglich gewesen sein sollen, mit Kairo zu kommunizieren? Ich muß mich beherrschen, denn ich werde nervös in diesen Tagen. Ist es die lange Abwesenheit von Kairo? Oder Mochtars Haltung, die sich in der letzten Zeit kaum merklich verändert hat? Seltsam, sonst war ich in der Lage, seinen boshaften kleinen Geist wie ein offenes Buch zu lesen.

»Einen Vorteil hat dieses verfluchte Hausboot immerhin«, bemerkt Mochtar. »Es ist ein guter Ort, um eine Leiche loszuwerden.«

»Warum?«

»Weil sich unter dem kleinen Teppich dort drüben in der Ecke eine Falltür befindet. Ich habe mich nämlich ein wenig umgesehen, während du den Spitzel gefesselt hast.«

»Du redest Unsinn, Mochtar. Wenn man eine Falltür im Rumpf eines Bootes öffnet, wird das Wasser eindringen. Selbst du solltest das wissen.«

Mochtar wirft mir einen gehässigen Blick zu.

»Hausboote haben flache Laderäume«, sagt er kurz. »Nachdem man die Leiche beschwert hat, läßt man sie in den Laderaum hinab. Im Kiel befindet sich eine Luke, die von oben bedient wird. Ganz einfach. Unter dem Boot sind vier Fuß Wasser, dann kommt eine dicke Schlick- und Schlammschicht.«

»Angenommen, das Boot wird bewegt?«

»Dieses Boot wird ein weiteres Jahr lang nicht bewegt. So sagte Feigel.«

Es fällt mir auf, wieviel Mochtar über dieses Hausboot weiß. Aber vielleicht unterscheidet es sich nicht sehr von unseren Hausbooten in Kairo.

»Ich bin froh, daß das Boot wenigstens diesen Vorteil hat«, bemerke ich. »Denn in jeder anderen Hinsicht ist es ein Hohn. Denk nur an unsere Hausboote an den Ufern des Heiligen Nil! Schwimmende Heime kultivierten Luxus.«

»Du bist ein echter engstirniger Kairoer, Achmed. Du bist nur drei Wochen fort, und schon hast du Heimweh.«

»Ein Diener fühlt sich nur im Haus seines Herrn glücklich«, entgegne ich kalt.

Ich fühle mich unwohl. Vielleicht habe ich nicht so sehr an die Residenz des Scheichs gedacht als vielmehr an mein eigenes Quartier im Ostflügel. Das ist ein weiteres Zeichen dafür, daß ich aus dem Gleichgewicht gebracht bin, denn es ist unziemlich, mit Verlangen an seine Frau zu denken. Sie wurde vom Scheich für mich ausgewählt, und ich bin mit ihr sehr zufrieden. Sie ist bescheiden und eine sparsame Haushälterin. Und sie hat mir einen Sohn geboren, der hübsch und gescheit ist. Meine Nervosität ist die einzige Erklärung für mein plötzliches Verlangen nach der Tänzerin Eveline. In Hamburg mietete ich eine weiße Frau, aber ich schlief nicht mit ihr, weil sie nach geronnener Milch roch. In Paris hatte ich eine algerische Frau, doch ich fand sie langweilig und unbeholfen, und ihr gebrochenes Arabisch beleidigte meine Ohren. Diese Frau Eveline hat schwarze Haare so wie unsere Frauen, ihre Augen sind schwarz und groß, sogar ohne Lidstrich, und ihre Haut ist glatt und weiß. Ich hatte einmal eine Griechin in Alexandria. Sie ähnelte Eveline, aber sie hat mich nicht zufriedengestellt. Ja, jetzt wo ich mich an die Griechin erinnere, weiß ich, warum ich die Holländerin vorhin begehrte. Die Griechin war unterwürfig, aber dieses Mädchen hat einen hitzigen, unabhängigen Geist, so wie manche Badawi-Frauen in Arabien, wo meine Familie herstammt. Als ich zu ihr sagte, daß ich heute nacht mit ihr schlafen wolle, schlug sie mir ins Gesicht. Und der Spitzel sah es. Ich muß Mochtar für seine Geistesgegenwart Anerkennung zollen. Er schlug den Spitzel nieder, so daß wir, kurz bevor die Polizeibeamten eintrafen, ins Haus schlüpfen konnten. Das Leben in diesen nördlichen Ländern ist wirklich sehr kompliziert, denn in Kairo würde ein Polizist nicht einmal im Traum daran denken, einem von Scheich Abdullahs Männern in die Quere zu kommen. Es war eine demütigende Erfahrung. Besonders mißfiel mir die beiläufige Art, mit der mir diese Frau später die Hand schüttelte und sagte, daß der Vorfall keine Bedeutung habe.

Das beiläufige Verhalten der Frau war sogar noch schlimmer als die Schelte, die ich von Feigel hinnehmen mußte. Ich mußte sie hinnehmen, weil Feigel recht hatte. Er ist ein vernünftiger Mann und kennt sich aus in der Welt. Während unserer komplizierten Verhandlungen in Italien, Frankreich und Deutschland, wo wir im Namen des Scheichs kauften und verkauften, warf Feigel oft im rechten Moment das rechte Wort ein, das die

Waagschale zu unseren Gunsten ausschlagen ließ. Seine bereitwillige Annahme von Miguels Angebot, sich uns anzuschließen, als wir in Paris waren, gefiel mir jedoch nicht. Könnte es sein, daß Feigel nach allem, was wir Araber für ihn getan haben, immer noch die Gesellschaft eines weißen Mannes seines eigenen Glaubens vorzieht?

Die mißtönende Stimme Mochtars dringt in meine Überlegungen ein. Auf seinem Stuhl hin und her rutschend, sagt er:

»Das Problem ist, daß die Leiche beschwert werden muß. Und ich sehe nichts, womit man sie beschweren könnte.«

»Dieses Boot müßte eine zusätzliche Ankerkette haben«, antworte ich ungeduldig. »Nimm die!«

»Ja«, sagt Mochtar nachdenklich, »eine solche Kette käme dafür in Frage. Sie käme dafür sogar sehr gut in Frage.«

Nachdem ich mich so der voreiligen Sorgen dieses vulgären kleinen Mannes entledigt habe, kann ich meine Gedanken wieder Kairo zuwenden. Ich denke an jenen letzten Tag, bevor wir zum Flughafen aufbrachen. Früh am Nachmittag sortierte ich in dem Gewölberaum neben meinem Büro Ordner mit alten Briefen aus. Hinten in einem Stapel staubiger, erloschener Verträge aus der Zeit, da mein verstorbener Vater der vertrauliche Sekretär des Scheichs war, fand ich ein Dokument, das der Scheich in seiner eigenen makellosen Handschrift geschrieben hatte. Darin war von völlig unglaublichen, monströsen Dingen die Rede. Es bestätigte, daß er, der Scheich, durch einen libanesischen Mittelsmann große Flächen Land in Palästina an die verfluchten Juden verkauft und damit zu der Gründung ihres sogenannten Staates auf Ländereien beigetragen hatte, die unseren arabischen Brüdern gestohlen worden waren.

Zutiefst bestürzt eilte ich die Treppe hinauf und in die Halle, wo der Junge Ismael Kaffee für die Besucher zubereitete, die bald eintreffen würden. Mit zitternden Händen reichte ich dem Scheich das Dokument. Nach einem flüchtigen Blick darauf sagte er ruhig zu Ismael: »Du kannst dich zurückziehen, mein Kind. Sag allen, die kommen, sie mögen einen kurzen Augenblick im Vorzimmer warten.« Und zu mir: »Schenk mir eine Tasse ein, Achmed, denn in meinem fortgeschrittenen Alter wird der Geist träge und bedarf des wohlriechenden Anregungsmittels.«

Als er seinen Kaffee entgegengenommen hatte, sah er mich traurig lächelnd an und sagte, mich liebevoll bei dem Namen meines Vaters nennend: »Sohn Hassans, vor dir habe ich keine Geheimnisse, und du sollst nun Dinge vernehmen, die nie zuvor jemand vernommen hat. Als die Juden auf ihren schmutzigen Plan mit Palästina verfielen, waren die arabischen Brüder verwirrt, und die weißen Imperialisten nutzten unsere Konfusion, um uns Arabern zu schaden und uns zu demütigen, wie es ihre Art ist. Abgesandte aus Jerusalem[2], der Heiligen, aus Beirut und aus Damaskus kamen zu mir, und was sie mir berichteten, erregte großen Zorn in mir, und ich wollte den jüdischen Plan im Keim ersticken, um das Judentum der Welt daran zu hindern, sich an einem Ort zu sammeln. Doch da gewährte mir Gott in seiner unendlichen Güte eine Erleuchtung in der folgenden Zeile: ›Der Herr wird deine Feinde an einem Ort sammeln, damit du sie alle und für immer vernichten kannst.‹« Der Scheich seufzte tief und fuhr fort: »Ich will nicht von der Zukunft zu dir sprechen, Sohn Hassans, denn die Zukunft liegt in Gottes Hand, und Er kennt sie am besten.« Doch dann zitierte er aus dem Kapitel, das ›Kapitel des Elefanten‹[3] genannt wird: »Siehst du nicht, was der Herr mit den Gefährten des Elefanten tat? Hat er ihren verräterischen Plan nicht zunichte gemacht?« Nachdem er solchermaßen das Buch zitiert hatte, faltete er das Dokument und gab es mir mit den Worten: »Dieses Papier ist aufgrund eines unglücklichen Versehens aufbewahrt worden, das du nun berichtigen sollst.« Und er deutete auf das silberne Kohlebecken, das der Junge Ismael benutzt, um die Wasserpfeife des Scheichs zuzubereiten.

Ich legte das Dokument auf die glühenden Kohlen, und als der Rauch aufstieg und sich in der Luft auflöste, lösten sich auch all meine falschen Zweifel auf. Ich verneigte mich tief, um meinem Herrn zu danken, daß er einen schweren Fehler, den mein verstorbener Vater gemacht hatte, überging. Dann fiel mein Blick auf die Ledersandalen, die auf dem Boden vor seinem Sofa lagen. Um ihm meine demütige Dankbarkeit zu beweisen, sagte ich: »Gestatten Sie Ihrem Diener, mit Verlaub[4], Ihnen ein Paar neue Sandalen anzubieten. Denn diese sind alt und abgetragen, und sie könnten Ihren Füßen weh tun.« Aber der Scheich hob seine Hand und sprach: »Das sollst du nicht tun, Achmed, denn diese Sandalen, wenn auch alt, sind immer noch von Nutzen. Sparsamkeit ist eine Tugend, und ich lege nie etwas ab, was mir noch von Nutzen ist. Erst wenn der Tag kommen sollte, da sie mir nichts mehr nützen, werde ich sie ablegen – mit einem Schmerz des Bedauerns, mich von etwas trennen zu müssen, das mir so viele Jahre treu gedient hat.«

Er nahm noch einen Schluck von seinem Kaffee und fragte dann plötzlich: »Wie viele Männer sind in meinem bescheidenen Haus, die mir dienen, Achmed?« Ich zählte sie im Geiste und antwortete: »Ungefähr siebzig, möge Gott Eure Tage verlängern.« Er nickte ernst und sagte: »Sie alle sind mir treu ergeben, Achmed. Aber es ist nur einer unter ihnen, dem ich vertraue wie mir selbst. Darum habe ich dich dazu bestimmt, den Platz des verstorbenen Hassan al-Badawi, deines Vaters, einzunehmen, der Friede Gottes sei mit seiner Seele.«

Diese Worte bewegten mich tief. Ich wollte etwas sagen, aber der Scheich hob seine Hand und fuhr fort: »Aus diesem Grund, Sohn Hassans, möchte ich dich mit einer wichtigen Mission betrauen, die sowohl heikel als auch gefährlich ist. Du wirst in die nördlichen Länder reisen und dort in meinem Auftrag bestimmte Transaktionen durchführen, auf die ich noch zurückkommen werde. Jetzt will ich dich nur ermahnen, daß diese

Transaktionen geheim bleiben müssen. Wenn die Behörden der betroffenen Länder davon erführen, würden sie dieses Wissen benutzen, um uns Arabern zu schaden und uns zu demütigen, wie es ihre Art ist. Außerdem gibt es dort Menschen, die mich bekämpfen und die versuchen könnten, die Mission zum Scheitern zu bringen. Nun bist du zwar ein Experte in ausländischen Sprachen, aber du hast keine praktische Erfahrung mit den Gesetzen und Sitten in jenen dunklen heidnischen Ländern. Deshalb habe ich beschlossen, dir einen fähigen Helfer und eine Leibwache zur Seite zu stellen.« Der Scheich klatschte in die Hände, und als der Junge Ismael erschien, befahl er ihm, Feigel und Mochtar herbeizuholen. Wir drei brachen in derselben Nacht mit dem Flugzeug nach Rom auf.

Und jetzt, drei Wochen später, haben wir die Mission erfolgreich abgeschlossen, und morgen werden wir mit der ›Djibouti‹ wieder in unser eigenes Land zurückkehren. Ich bin in einer wehmütigen Stimmung, und ich sage zu Mochtar:

»Ich wünschte, wir wären schon wieder in Kairo, Mochtar.«

Mochtar hatte den Gefangenen wieder angestarrt. Nun wendet er mir seinen Kopf zu und sagt mit seiner gleichgültigen Stimme:

»Du wirst nicht nach Kairo zurückkehren, Achmed.«

Ich muß jetzt etwas sagen, irgend etwas, um Mochtar meine distanzierte Haltung zu beweisen. Aber ich kann die richtigen Worte nicht finden, ich brauche Zeit, Zeit zum Nachdenken. Denn das Wissen, daß ich Kairo nicht wiedersehen würde, war schon die ganze Zeit in meinem Hinterkopf gewesen. Ich wußte es, aber ich hatte es nicht wissen wollen. Mein kleinliches Bedauern wird jedoch sogleich durch ein warmes Glühen großer Befriedigung ersetzt. Diese wichtige Mission war mir als ein sicheres Zeichen der Anerkennung anvertraut worden. Das verbotene Wissen aus dem Dokument, das mein Vater zu vernichten versäumt hatte, machte natürlich meine Beseitigung notwendig.

Doch anstatt mich sofort zu eliminieren, hatte mir der Scheich eine Gnadenfrist gewährt, so als wolle er mir Gelegenheit geben, das Versehen meines Vaters durch die Ausführung dieser schwierigen Mission wiedergutzumachen. Da die Mission erfolgreich verlaufen ist, heben sich der Irrtum des Vaters und das Verdienst des Sohnes gegenseitig auf. Nichts wird die Erinnerung des Scheichs an die al-Badawis, Vater und Sohn, trüben. Er wird einräumen, daß wir ihm mit unseren begrenzten Fähigkeiten dienten, so gut wir konnten, daß wir ihm so treu dienten wie seine Sandalen. Und die Tatsache, daß der Scheich mir diese letzte Gunst gewährte, beweist, daß er mit seinen Sandalen zufrieden war. Ein Diener muß nur wissen, ob sein Dienst zufriedenstellend war. Die Angelegenheiten seines Herrn gehen ihn nichts an. Es steht mir nicht zu, mir über die Transaktion des Scheichs mit den Juden Gedanken zu machen. Jegliches Urteil ist Gott dem Gnädigen überlassen, denn Er weiß es besser.

Ich erhebe mich und spreche die notwendige Formel aus:

»Wahrlich, wir gehören Gott, und wahrlich, kehren wir zu ihm zurück.«

Ich kreuze meine Arme und sehe auf Mochtar herab. Aber er, der Straßenjunge, bringt nicht die würdige Haltung auf, die diesem feierlichen Augenblick angemessen ist. Er zappelt auf seine unangenehme Art hin und her und meidet meine Augen. Ich frage:

»Die Pistole?«

Mochtar nickt.

»Und hier und jetzt?«

Er nickt wieder, mit gesenktem Blick. Der Gedanke an den kalten Schlamm unter diesem Boot läßt mich frösteln. Ich sehe die warmen blauen Wellen des Mittelmeers. Es wäre mir lieber gewesen, wenn es auf dem Schiff hätte geschehen können, mit der Küste meines geliebten Landes in Sichtweite. Aber es ist nicht zu ändern, es stand geschrieben, daß es hier passieren würde. Ich will gerade zu Mochtar sagen, er soll sich beeilen und es hinter sich bringen, da sieht er zu mir hoch.

»Ich habe diesen Augenblick gefürchtet«, murmelt er mürrisch, »diese ganzen drei Wochen.« Zu meinem Erstaunen entdecke ich einen schüchternen Blick in seinen großen Augen. »Warum hätten wir nicht Freunde sein können, Achmed? Wir leben im selben Haus, und wir dienen demselben Herrn. Ich bin immer sehr garstig zu dir gewesen, Achmed. Aber ich mußte es sein. Weil ich dich immer beneidete. Und weil du nicht wissen solltest, daß ich eine heimliche Bewunderung für dich hege, für deine männliche Stärke. Du läßt mich an lange Ritte durch die Wüste denken, mit einem Freund, in der Kühle der Nacht unter dem Sternenhimmel, wenn...«

»Du hast wieder deine armseligen Groschenromane gelesen, Mochtar!« sage ich voller Abscheu. »Was weißt du schon über die Wüste, du, der du in den Slums von Port Said aufgewachsen bist?«

»Ja, da bin ich aufgewachsen, Achmed. Aber ich hatte dort einmal einen Freund, einen großen Seemann aus Oman. Wir saßen des Nachts auf dem Kai. Und er erzählte mir viele Geschichten über sein früheres Leben in der Wüste. Er mag viel gelogen haben, aber es waren trotzdem verdammt gute Geschichten. Über arabische Ritter, die durch die Wüste galoppieren und ihre Schwerter schwingen, so wie man sie im Kino sieht. Der große Seemann hatte deinen langen Schritt, Achmed, und deine kräftigen Schenkel. Die Schenkel eines Reiters.«

Ich sehe, daß er völlig aufrichtig ist, und beschließe, es ihm zu sagen.

»Ich werde dir erklären, warum wir niemals Freunde sein konnten, Mochtar. Ich werde es dir erklären, indem ich dir etwas erzähle, was sich eines Nachts, vor ungefähr einem Jahr zutrug. Du wirst dich erinnern, daß der Sommer in jenem Jahr sehr heiß war. Selbst auf dem Dachgarten der Residenz des Scheichs war die Luft heiß und stickig, und aus den Springbrunnen im vorderen Hof kam lauwarmes Wasser. Ich verließ das Haus durch das Haupttor, um einen langen Spaziergang auf dem Kai des Nils zu machen. Da erhob sich eine junge Frau, die am Fuß der Mauer gekauert hatte, und trat zu mir. Sie war wie eine Prostituierte gekleidet, an ihren Hand- und Fußgelenken trug sie silberne Armreifen, und sie war klein und schlank wie ein Junge. Sie sagte kein Wort, aber ihre Augen waren sehr groß und glänzten über dem Schleier, der den unteren Teil ihres Gesichts bedeckte. Sie war wunderschön, Mochtar, und ich dachte daran, mit ihr zu gehen.«

Mochtar steht auf.

»Und warum hast du es nicht getan?« fragt er mit angespanntem Gesicht.

»Weil ich mich plötzlich daran erinnerte, was sich hinter all diesen äußeren Reizen verbarg. Nichts als ein vulgärer, ränkevoller Geist.«

Mochtar nickt langsam.

»Ja, du hattest wahrscheinlich recht, Achmed. Ich war sehr zornig auf dich in jener Nacht, aber jetzt bin ich nicht zornig. Denn du sagtest, daß du sie wunderschön fandest. Das ist etwas Angenehmes, an das ich denken kann, wenn ich niedergeschlagen bin. Du weißt nicht, wie niedergeschlagen ich manchmal bin, Achmed. Du bist ein gebildeter Mensch, du kannst an so viele erfreuliche Dinge denken, wenn du niedergeschlagen bist. Aber ich fühle mich nur hundsmiserabel. Und nie so miserabel wie jetzt.«

Er nähert sich mir, und seine Hand bewegt sich zu seiner linken Tasche. Ein plötzlicher Gedanke fährt mir durch den Kopf.

»Was ist über meine Frau beschlossen worden?« frage ich.

»Ich sagte, daß sie schön ist, oder?« knurrt Mochtar. »Sie ist das Eigentum des Scheichs, so wie dein Sohn. Gute Ware.«

Ich starre wie betäubt in seine blitzenden Augen. Er fährt mit der Hand in seine rechte Tasche, und ich verspüre einen so heftigen Stoß in meinem Magen, daß ich zurücktaumle. Und er sagte... er sagte, es wäre nicht das...

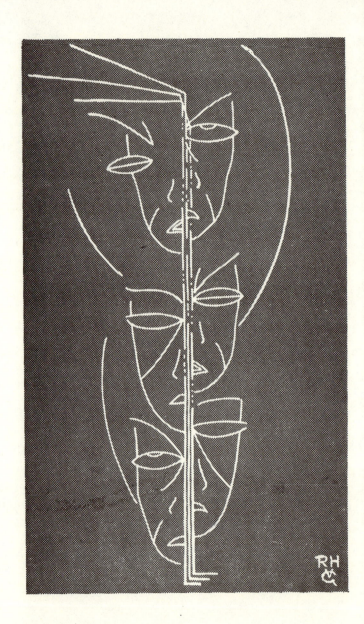

Feuerwerk auf dem Kanal

Als ich sehe, wie er aufgeschlitzt wird, dreht sich mir der Magen um. Ich hebe den Kopf vom Boden in dem verzweifelten Bemühen, das säuerliche Erbrochene loszuwerden, das mich fast zu ersticken droht. Tränen blenden meine Augen.

Ein harter Tritt gegen meine Schulter läßt meinen Kopf wieder auf dem Boden aufschlagen. Ich öffne meine brennenden Augen halb und sehe Mochtars verzerrtes Gesicht direkt über mir. Speichel tropft aus seinem arbeitenden Mund, er scheint gleichzeitig zu weinen und zu lachen.

»Ich bringe dich um, du dreckiges Schwein! Ich...« Er erstickt an den eigenen Worten.

Sein Fuß schießt wieder nach vorn und verfehlt meinen Kopf um den Bruchteil eines Zentimeters. Es gelingt mir in meiner Verzweiflung, zur Seite zu rollen und seinen spitzen braunen Schuhen auszuweichen. Ich lande mit dem Kopf an der Wand mit einem Aufprall, der mich halb betäubt.

»Was tust du da? Hör auf, Mochtar!«

Es ist Feigels Stimme. Dann ertönt eine laute Detonation. Und eine zweite.

Das Schweigen, das folgt, ist so betäubend, daß ich mich benommen zu fragen beginne, ob die beiden Schüsse, die sehr laut in dem geschlossenen Salon waren, mich taub gemacht haben. Ich liege völlig still, das Gesicht gegen das glatte Holz der Wandtäfelung gepreßt.

Nach ich weiß nicht wie langer Zeit höre ich jemanden murmeln. Ich schnappe einige Worte auf:

»Eine Mordsschweinerei!« Es ist Miguel.

Ich will ihm etwas zurufen, aber ich bringe nur ein schwaches stotterndes Geräusch hervor. Doch anscheinend hat Miguel mich gehört. Ich vernehme seine leichten Schritte, dann dreht mich ein großer brauner Schuh auf die andere Seite.

»Sie leben noch, wie?« bemerkt Miguel mißmutig.

Wieder steigt ein Brechreiz in mir auf.

»Helfen Sie mir, mich hinzusetzen!« keuche ich.

Er zerrt mich am Kragen über den Boden zu Achmeds Stuhl und läßt mich ziemlich achtlos hineinfallen. Alle meine Knochen und Muskeln schmerzen, und die Stricke schneiden in meine Hand- und Fußgelenke. Dennoch ist es eine ungeheure Wohltat, endlich wieder in einer aufrechten Position zu sein.

Miguel stellt sich vor mich. Sein schwerer Mantel ist vorne geöffnet und läßt seinen bewundernswerten Tweed-Anzug, makellos wie zuvor, sichtbar werden. Aber sein Gesicht ist kreidebleich, und kleine Schweißtropfen perlen auf seiner Stirn. Er tastet in seiner Westentasche und zieht eine kleine flache Aluminiumdose hervor. Mit zitternder Hand schiebt er sich eine grüne Pille zwischen die Lippen. Dann mustert er mich von oben bis unten, und ein langsames Grinsen breitet sich auf seinem Gesicht aus.

»Gott, Sie sehen wirklich fürchterlich aus!« sagt er fröhlich.

Er zieht das Taschentuch aus meiner Brusttasche und wischt mir damit Wangen und Kinn ab, dann wirft er es auf den Fußboden. »Sie sehen fürchterlich aus«, wiederholt er. »Aber nicht so schlecht wie Ihre drei Freunde!«

Er tritt beiseite. Ich wende rasch meine Augen von Achmed ab, der in einer Blutlache auf dem Boden liegt. Mochtar macht auf den ersten Blick einen friedlichen Eindruck. Er sitzt auf dem Boden, den Rücken an die Wand gelehnt, die Beine vor sich ausgestreckt. Seine blaue Hose hat immer noch ihre ordentliche Bügelfalte, aber sein Kopf ist auf die rechte Schulter gesunken, und ein dünner Blutstrom sickert langsam aus dem Loch unter seinem linken Auge. Eine kleine Pistole liegt neben seiner linken Hand. Feigel ist nirgends zu sehen.

»Wo ist Feigel?« frage ich.

Miguel deutet schweigend nach links.

Als ich meinen Kopf drehe, sehe ich Feigel. Er liegt auf dem Boden, das eine Bein ausgestreckt, das andere an seinen großen Bauch hochgezogen. Die Arme sind ausgebreitet, als ob er in bewährter Judomanier versucht hätte, seinen Fall zu bremsen. Die rechte Hand umklammert eine schwere Automatik. Sein großes fahles Gesicht ist friedlich, aber Hals und Brust sind eine einzige Masse Blut.

Miguel zündet sich eine ägyptische Zigarette an. Dankbar inhaliere ich ihren Duft. Denn jetzt, da Miguel mein Gesicht gesäubert hat und ich meinen eigenen Gestank nicht mehr so sehr wahrnehme, verursacht mir der rohe Geruch von Blut und Kordit wieder ein Übelkeitsgefühl. Miguel deutet auf Feigel und sagt mit bitterer Stimme:

»Der fette Bastard hat mir versprochen, mich sicher nach Ägypten zu bringen! Und läßt sich von einem verdammten Nigger erschießen! Mal sehn, ob er wenigstens etwas Taschengeld für mich übrig hat.«

Er kniet sich neben die Leiche und öffnet mit Daumen und Zeigefinger Feigels Mantel.

»Könnten Sie nicht zuerst meine Fesseln durchschneiden?« frage ich versuchsweise.

Er sieht mich über die Schulter an.

»Seien Sie froh, daß Sie noch am Leben sind, alter Knabe«, erwidert er kalt.

Ich sehe zu, wie er fachmännisch die Taschen des Toten durchsucht. Das Kleingeld und einen Schlüsselring tut er wieder zurück, aber die mit Papieren und grünen amerikanischen Banknoten prall gefüllte Brieftasche steckt er selber ein. Er öffnet das große silberne Zigarrenetui und schnuppert an den langen Zigarren. »Teure Marke!« murmelt er. »Die werden mich ein wenig trösten.« Während er das Zigarrenetui in seine Seitentasche stopft, steht er wieder auf und beginnt die beiden toten Araber zu durchsuchen. Ich schließe die Augen, denn ich kann den gräßlichen Anblick nicht ertragen. Als das Knacken von Rattan mir anzeigt, daß er sich in Mochtars Stuhl niedergelassen hat, öffne ich die Augen wieder. Miguel ist in ein kleines schwarzes Notizbuch vertieft.

»Was ist passiert?« frage ich. Ich erkenne meine eigene Stimme kaum.

Miguel blickt auf. Er steckt das Notizbuch in die Tasche und zündet sich eine neue Zigarette an. Er sieht mich eine Weile prüfend an, bevor er antwortet:

»Was passiert ist? Nun, Sie haben es selbst gesehen, oder? Ich fuhr Feigel hierher, und er war wie ein Blitz aus dem Auto. Ich blieb hinter dem Steuer, um den alten Wagen ordentlich zu parken. Als ich hereinkam, war alles vorbei. Feigel muß das Boot betreten haben, kurz nachdem der kleine Bursche seinem Freund die Eingeweide aufgeschlitzt hatte. Feigel findet das nicht gut und zieht seine Automatik. Aber der kleine Teufel ist ein ausgebildeter Killer, sage ich Ihnen. Er muß seine Spielzeugpistole griffbereit gehabt haben, und er schießt Feigel durch die Kehle. Sauber. Jetzt sagen Sie mir, wer zuerst schoß. Feigel oder der Ägypter? Die Schüsse klangen für meine Ohren fast gleichzeitig.«

»Ich kann es nicht sagen. Ich sah nur, wie der Kleine den anderen ermordete. Dann begann er mich zu treten, und ich rollte zur Seite mit dem Gesicht zur Wand, so wie Sie mich eben gefunden haben. Ich hörte Feigel dem kleinen Burschen zurufen, er solle aufhören, mich zu treten, und dann die beiden Schüsse. Sie könnten die Pistolen überprüfen.«

»Sie versuchen immer noch den smarten kleinen Bullen zu spielen, wie? Erzählen Sie Ihre Geschichte! Alles!«

»Ich möchte zuerst eine Tasse Kaffee.«

»Und warme Brötchen und Spiegeleier!« Er steht auf und schlägt mir ins Gesicht. »Rede, Bastard!«

Der Schlag wirft meinen Schädel zur Seite, aber er beeinträchtigt nicht die kalte Klarheit im Hintergrund meines Kopfes. Und ich habe unter den Füßen etwas Hartes und Flaches auf dem Boden gespürt. Das ist vielversprechend, denn Mochtars Messer ist nirgends zu sehen. Es hängt alles davon ab, was Miguel tun wird. Ich erzähle ihm meine Geschichte, die relevanten Fakten, beginnend mit meiner Beobachtung des Überfalls auf Eveline und endend mit einer kurzen Zusammenfassung unserer Unterhaltung in ihrem Zimmer. Ich gebe ihm zu verstehen, daß ich ihn und Feigel nur wenige Minuten vom Balkon aus beobachtet habe, bevor ich in Evelines Stockwerk kletterte.

Als ich fertig bin, schüttelt Miguel traurig den Kopf.

»Sie sind ein noch größerer Dummkopf, als ich geglaubt habe«, sagt er finster. »Sie haben sich also nicht im Dienste der Stadt in diese Schwierigkeiten gebracht, wie ich zuerst dachte, noch um uns zu erpressen oder um am Geschäft beteiligt zu werden, wie ich später glaubte, nachdem ich Evelines Geschichte gehört hatte. Sie haben es nur getan, weil Sie ein dringendes Verlangen nach dieser verrückten Dame hatten, die sich einbildet zu tanzen, wenn sie ihren Hintern schwenkt. Singen kann sie übrigens auch nicht. Ich weiß, daß Sie kein Bulle und kein Gauner sind, denn Feigel hat ein paar Nachforschungen angestellt, nachdem die beiden Ägypter Sie hierher gebracht hatten. Sie sind Buchhalter in einem Kaufhaus. Heiliger Himmel, wie dumm kann ein Mann sein?«

»Was passiert jetzt mit dem Mädchen?«

»Was passiert? Nichts, natürlich. Sie wird sich selbst weiterhelfen müssen. Ich bin schließlich kein Mädchenhändler. Zu großes Risiko und zu wenig Profit.«

»Und was werden Sie mit mir machen?«

Er mustert mich mit unverhohlenem Ekel.

»Mit Ihnen? Sie über Bord werfen. Sie stinken.«

»Wie wär's vorher mit einer Tasse Kaffee?«

»In Ordnung. Ich könnte selbst eine gebrauchen.«

Während er sich umdreht, frage ich:

»Wie wär's, wenn Sie meine Fesseln durchschnitten?«

Er sagt ein Schimpfwort und verschwindet durch eine kleine Tür. Sie befindet sich in der gegenüberliegenden Ecke, ich hatte sie vorher nicht bemerkt. Ich schließe die Augen, denn das starke Licht der Deckenlampe tut mir noch weh.

Miguel kommt mit zwei Tassen zurück. Eine stellt er auf den Tisch, die andere bringt er an meine Lippen. Ich trinke gierig. Er hat zum Glück Milch hineingetan. Dann setzt er sich hin, streckt seine langen Beine aus und schlürft langsam seinen eigenen Kaffee, der heiß und schwarz ist. Ich muß zugeben, daß Miguel so etwas wie rücksichtsvoll ist. Nachdem er den Kaffee ausgetrunken hat, zündet er sich eine neue Zigarette an und sagt:

»Ich habe entschieden, was ich mit Ihnen tun werde, alter Knabe. Dummer, unbeholfener Bastard, der Sie sind, können Sie immer noch von Nutzen für mich sein. Ich bin kein Mädchenhändler, und ich bin kein Killer, und ich will auch nicht als solcher auf der Fahndungsliste landen. Sie werden mein Kronzeuge sein.« Er sieht auf seine Armbanduhr. »Es ist jetzt ein Uhr. In drei, vielleicht vier Stunden, kurz bevor ich verschwinde, rufe ich die Polizei an. Gebe ihnen den Tip, daß sie auf diesem Hausboot drei Leichen und einen verschnürten Burschen finden, der froh sein wird, alles zu erklären. Zu gegebener Zeit werden sie herkommen, und dann erzählen Sie ihnen die Wahrheit. Es ist immer eine gute Politik, die Wahrheit zu sagen, alter Knabe. Der Polizei, jedenfalls.«

»Und was ist die Wahrheit?« frage ich.

Er sieht mich mißtrauisch an.

»Gut, das Mädchen sagte uns, Sie hätten kapiert. Sie sammelten natürlich Frauen für den Mittleren Osten ein. Die meisten bekamen sie in Italien und Frankreich und ein paar sehr gute in Hamburg. Sie wollten sie in Marseille an Bord nehmen. Oder vielleicht in Genua.«

»Aber Eveline ist hier.«

Er zuckt die Achsel.

»Sie war eine Spezialbestellung, soviel ich mitbekommen habe. Bestimmungsort Beirut. Feigel war sehr reserviert, was sie betraf. Er hat ihren Freund heute abend ausgeführt, damit ich sein Zimmer durchsuchen konnte. Um zu überprüfen, ob sie dort irgend etwas zurückgelassen hat, das bewies, daß sie mit Feigel wegging. Sie haben mich in dem Moment ganz schön an der Nase herumgeführt, das kann ich Ihnen sagen!« Er grinst reumütig und fügt hinzu: »Wenn Sie immer noch so scharf auf sie sind, sollten Sie ihr besser raten, daß sie in Amsterdam bleibt!«

»Sie sagen, Sie sind kein Mädchenhändler. Wo kommen Sie dann ins Spiel?«

Er steht auf, zündet eine Zigarette an und steckt sie zwischen meine Lippen.

»Nun«, sagt er weise, »den Teil Ihrer Geschichte werden Sie ein bißchen frisieren müssen, alter Knabe, wenn Sie verstehen, was ich meine. Ich begegnete Feigel vor vierzehn Tagen in Paris, wo ich zufällig ein wenig hart von den französischen Bullen bedrängt wurde, wissen Sie. Eine übervertrauensselige ältere Dame wurde plötzlich übermißtrauisch, sie lief zur Polizei und erzählte ihnen häßliche Dinge über mich, wobei es um ein Schmuckstück ging, wenn ich richtig verstanden habe. Feigel hat mich herausgeholt, ich muß zu seiner Rechtfertigung sagen, daß der Bursche gute Verbindungen hatte. Er versprach mir, mich nach Ägypten zu bringen, wo die Franzosen mich nicht anrühren können, und mir einen brandneuen Paß zu besorgen. Meine Aufgabe bestand darin, für ihn und die Ägypter als Köder zu fungieren. Ein Kinderspiel für mich, aber es macht mir keinen

Spaß. Wenn man berufsmäßig mit reifen Damen ins Bett geht, beginnt man es zu hassen. Wie die Pest.«

Ich weiß, warum Mochtar Achmed tötete, denn ich habe den Verlauf ihrer letzten Unterhaltung mitbekommen. Aber ich bin daran interessiert zu erfahren, was Miguel über die beiden zu sagen hat. Deshalb frage ich:

»Warum hat der kleine Mann seinen Kollegen ermordet?«

Miguel zuckt die Achsel.

»Sie kamen nicht miteinander aus. Der Junge dachte, er könnte den Anteil des Älteren am Profit gebrauchen, darum tötete er ihn. Feigel erzählte mir, daß der Große der Boss war, aber ich habe Augen im Kopf, und ich wußte, daß der Bursche als Sündenbock gekennzeichnet war. Feigel und Mochtar – das ist der Name des kleinen Killers – ließen den anderen immer die riskanten Aufgaben erledigen.« Er seufzt. »Jetzt wird eine hübsche Anzahl sorgfältig ausgewählter flotter Bienen vergeblich in Marseille warten. Oder vielleicht in Genua.«

»Schade, daß Sie nicht genau wissen, wo«, bemerke ich. Ich spucke die Zigarette aus, die meinen Bart versengt.

»Werden Sie nicht boshaft, alter Knabe! Ich handle nicht mit dieser Art von Ware, sage ich. Mein Tätigkeitsfeld sind Damen von einer gewissen Reife, wohlhabend und einsam, vorzugsweise Touristinnen. Ich bin nämlich Reiseleiter, privat geleitete Reisen, sehr privat! Ich arbeite innerhalb der gesetzlichen Grenzen, meistens. Geschenke kann ich doch nicht ablehnen, oder? Das wäre unhöflich. Jetzt werden Sie verstehen, warum ich nicht möchte, daß mein Name auf der Liste von Interpol erscheint, und schon gar nicht als verdächtiger Mädchenhändler. Das würde mein Geschäft ruinieren. Der Polizei erzählen Sie also folgendes über mich: Ich bin ein Mann von Welt, und Feigel bat mich, ihn in ein paar ausgewählte Bars und Nachtklubs usw. mitzunehmen. Als ich jedoch herausfand, daß er ein Mädchenhändler war, und Sie zufällig beim Spionieren antraf, erzählte ich

Ihnen alles, was ich wußte. Fügen Sie hinzu, daß ich ein Hochstapler und folglich ein bißchen scheu bin. Anstatt also persönlich zur Polizei zu gehen, bin ich abgehauen.«

»Und warum sollte ich das für Sie tun?«

Er streicht sein blondes, lockiges Haar zur Seite und sieht mich abschätzend an.

»Weil Sie ein anständiger Mensch sind, soweit ich erkennen kann. Und weil eine Hand die andere wäscht. Ich bin kein Killer. Aber wenn ich die Polizei nicht anriefe und es dem Zufall überließe, ob Sie rechtzeitig auf dem Hausboot an diesem einsamen Kanal entdeckt werden, würde mich das etwa nicht zu einem Killer machen?«

Ich erschauere unwillkürlich. Meine Neugier veranlaßt mich jedoch, eine weitere Frage zu stellen.

»Das würde mir natürlich kaum gefallen. Aber wäre es nicht einfacher für Sie? Wenn Sie fortgingen und mich einfach vergäßen, meine ich?«

»Sie sind so gottverdammt dämlich, daß ich mich frage, wie Sie es geschafft haben, in dieser durch und durch schlechten Welt zu überleben! Ich bin mit Feigel und den beiden Ägyptern an vielen und auch öffentlichen Orten gesehen worden. Nachdem die Polizei die Schweinerei hier auf diesem Boot entdeckt hat, wird sie sich an die Arbeit machen. Photos herumzeigen, Fragen stellen und so weiter. Im Handumdrehen werden sie mir auf der Spur sein. Man sollte die Polizei niemals unterschätzen, mein Freund, es sind tüchtige Fachleute.«

»Und nachdem sie meine Geschichte gehört haben, werden sie nach Ihnen nicht mehr besonders intensiv suchen. Ja, ich sehe, was Sie meinen. In Ordnung. Wenn Sie mir noch eine Tasse Kaffee geben, ist die Sache abgemacht.«

Er geht wieder zu der schmalen Tür. Dort ist offenbar eine Art Küche oder Kombüse.

Nachdem er mir zu trinken gegeben hat, setzt er sich hin. Er scheint es nicht eilig zu haben. Vielleicht wartet er auf etwas. Oder auf jemanden. Oder hat ihn diese Geschichte hier so durcheinander gebracht, daß er für eine Weile meine Gesellschaft braucht? Die grüne Pille, die er nahm, kam mir wie ein Beruhigungsmittel vor.

»Die Polizei wird mehr Details wissen wollen«, sage ich. »Ob Feigel und seine Männer in eigenem Auftrag hier waren, zum Beispiel.«

Er hebt die linke Augenbraue und denkt einen Moment nach.

»Nein«, sagt er, »ich glaube, der große Boss ist jemand in Kairo. Ein unangenehmer Bursche, soviel ich gehört habe. Hat seine Finger in der Politik, in der Unternehmensförderung, in Waffengeschäften und im Handel mit allem, was Geld bringt. Ein Gangster-Boss. Aber im mittelöstlichen Stil natürlich.«

»Waren die Mädchen demnach für Kairo bestimmt?«

»Das weiß ich nicht. Vielleicht wollte der Boss sie an ein teures Bordell verkaufen. Oder er wollte sie gratis an seine arabischen Geschäftsfreunde weiterreichen, mit den Grüßen der Saison. Das können Sie ausschmücken wie Sie wollen, denn dieser Boss ist ein Bursche, an den die Polizei niemals herankommen wird. Kerle wie der ziehen an vielen Fäden, wissen Sie. Genau wie in den Vereinigten Staaten.«

»Sie sprechen mit einem amerikanischen Akzent. Sind Sie naturalisierter Amerikaner?«

»Kümmern Sie sich um Ihre eigenen Angelegenheiten, ja?« erwidert er kurz angebunden. Er zieht an seiner Zigarette, dann fährt er in freundlicherem Ton fort: »Mein Vater war ein holländischer Marineoffizier, meine Mutter eine argentinische Tänzerin. Mein Vater starb im Krieg, meine Mutter heiratete einen Proleten in Buenos Aires, und ich schloß mich einem Zirkus an. Hatte dort eine hübsche Nummer, nach ein paar Jahren. Trapez, Drahtseil, Hochsprung – Sie hätten mich sehen sollen in meinem ganz mit Gold bedeckten rosa Trikot! Es hat mir gefallen, und dem Publikum gefiel es auch. Guter Gott, Sie hätten die Frauen sehen sollen, die sich nach der Vorstellung an mich heranzumachen versuchten. Und zwar richtige Damen, wohlgemerkt! Doch dann ließ mich mein Herz im Stich, und die Ärzte rieten mir, den Job an den Nagel zu hängen. Also beschränkte ich mich auf Salonathletik. Damit kann man ebenfalls gutes Geld verdienen. Nächstes Jahr werde ich so viel gespart haben, daß ich mir einen Bungalow am Strand und ein kleines Boot kaufen kann. In Neapel oder Beirut. Ich werde angeln gehen, ganz allein, wohlgemerkt! Zur Hölle mit den Frauen. Nicht einmal tot möchte ich bei jenen ekelhaften Weibern gesehen werden, mit denen ich ins Bett gehen muß. Aber bei meinem verrotteten Herzen ist es genau das, was mir eines Tages passieren wird!«

Er lacht ziemlich freudlos über seinen eigenen Scherz. Er steht auf, knöpft sich den Mantel zu und sagt:

»Auf Wiedersehen, alter Knabe! Beten Sie, daß mir nichts passiert. Jedenfalls nicht, bevor ich die Polizei angerufen habe!«

Ich warte, bis ich ihn das Auto anlassen und wegfahren gehört habe. Dann scharre und schiebe ich mit meinen tauben Füßen. Es war tatsächlich Mochtars Messer, das unter meinem Stuhl gelandet war. Daß Miguel es übersehen hat, ist ein weiterer Beweis dafür, daß er sehr durcheinander war. Ich frage mich, was wirklich geschehen ist, während ich mit dem Gesicht an der Wand lag. Dann mache ich mich an die Arbeit. Ich bin darauf gefaßt, daß es zeitraubend und anstrengend wird, aber es hätte schlimmer sein können. Der schwierigste Teil besteht darin, mich vom Stuhl auf den Boden hinunterzulassen. Anschließend genügen ein paar Schlängelbewegungen, meine gefesselten Hände ziemlich schnell über das Messer zu bringen, und nachdem ich es in die richtige Position gebracht habe, ist der Rest einfach. Ich ziehe mir jedoch ein paar häßliche Schnitte zu, denn es ist rasiermesserscharf. Als meine Hände frei sind, lutsche ich an meinen verletzten Fingern und massiere mir die gequetschten Handgelenke. Dann schneide ich die Stricke an meinen Fußgelenken durch.

Mit dem Rücken zu den Toten auf dem Boden sitzend, inspiziere ich meine Taschen. Es ist alles da, sogar das dünne Röhrchen mit den kostbaren Tabletten und das Geld in meiner Brieftasche. Das Aufstehen bereitet unerträgliche Schmerzen, aber ich schaffe es bis zur Tür und hole die Zigaretten aus der Tasche meines Regenmantels. Ich brauche dringend eine, denn ich habe mich beschmutzt und naß gemacht, und das, zusammen mit dem Blutgeruch, verbreitet einen erbärmlichen Gestank. Ich stelle den elektrischen Heizofen ab und stolpere zu der schmalen Tür.

Dahinter befindet sich eine kleine, aber gutausgerüstete Küche mit einem gasbetriebenen Durchlauferhitzer über der Spüle. Nachdem ich meinen Anzug so gut wie möglich gesäubert und mich gründlich mit heißem Wasser gewaschen habe, beginne ich mich besser zu fühlen. Ich finde eine Flasche Bier und ein Stück Käse im Speisekammerschrank, und danach geht es mir noch besser. Schließlich mache ich mir eine Tasse Kaffee. Diesmal nehme ich ihn schwarz und stark.

Es ist totenstill draußen. Ich fühle mich noch zu schwach, um hinauszugehen und festzustellen, wo ich mich genau befinde. So bleibe ich dort auf dem Küchenstuhl sitzen, die Arme auf die Knie gestützt. Ich versuche die Situation einzuschätzen. Ich überlege, daß Hauptmann Uyeda nicht daran hätte herumkritteln sollen, daß der japanische Zen-Meister den chinesischen Berg Wu-tai durch den Fudschijama ersetzte. Ich habe nicht die geringste Ahnung, wie der Wu-tai aussieht, aber den Fudschijama kenne ich von zahllosen Bildern und farbigen Postkarten. Sein Gipfel, in ewigen Schnee gehüllt, rein und weiß gegen den azurblauen Himmel, ist mir immer wunderschön und eindrucksvoll erschienen. Da nun der Kontakt zu Zeit und Raum wieder hergestellt ist, befinde ich mich nicht länger auf jenem schneebedeckten, zeitlosen Gipfel. Aber das spielt keine Rolle mehr, denn ich bin wirklich dort gewesen, und die stille blaue Luft und die gefrorene Weiße sind immer noch in mir, tief in meinem Innern; ich werde sie für ewig besitzen, lebendig oder tot. Hauptmann Uyeda war im Grunde ein Stümper. Er hat mich nicht dicht genug in die Nähe des Todes gebracht. Er ließ mich nur den Abhang des Fudschijama erklimmen, so daß ich einen flüchtigen Blick seines gefrorenen Gipfels erhaschen konnte.

Ich fühle mich Uyeda jetzt haushoch überlegen. Ich bin davon überzeugt, daß, wenn ich lange genug über das letzte Rätsel nachsänne, das ihn so verwirrte, ich die richtige Antwort finden würde. ›Der Schnee schmilzt auf dem Gipfel des Fudschijama.‹ Ich denke eine Weile darüber nach, aber das bringt mich nirgendwohin, und das anstrengende Denken macht mich nur schläfrig. Jedenfalls haben Eveline, Achmed und Mochtar zusammen viel mehr für mich getan als Hauptmann Uyeda. Eveline setzte das Feuer in Gang, das die Vergangenheit abtötete, Achmed neutralisierte die Gegenwart, indem er mir auf den Kopf schlug, und Mochtar brachte mich in die Nähe des Todes, indem er mich mit der Decke zu ersticken versuchte. Und jetzt bin ich frei.

Alle Fragen, über die ich in diesen vergangenen Jahren nachgegrübelt habe, sind verschwunden. Sie haben von Anfang an nicht existiert, denn wir Menschen sind einander nicht verantwortlich. Wir können einander nichts wirklich geben, nicht einmal Liebe. Und wir können einander nichts wirklich nehmen, nicht einmal das Leben. Jeder folgt seinem eigenen besonderen Weg durch eine zeitlose und grenzenlose Leere. Alles andere ist Illusion, eine Einbildung unseres armen, irregeführten Geistes.

Wenn ich hier noch länger sitzen bleibe, schlafe ich ein. Ich stehe auf und öffne die Küchentür. Sie führt auf eine schmale Plattform auf dem Heck des Hausbootes. In der Nähe des Ruders sind drei Benzinfässer und zwei große Mülltonnen aufeinandergestapelt. Eine Laufplanke verbindet das Boot mit dem höhergelegenen gepflasterten Kai. Der Regen hat aufgehört, aber die Steine glänzen noch naß. Das Hausboot ist in einem langen, breiten Kanal festgemacht. Weiter vorn stehen ein paar dunkle Häuser, danach kommt eine lange hohe Mauer, vermutlich eine Lagerhalle. Die Silhouette eines einsamen Krans zeichnet sich gegen den Nachthimmel ab. Es ist sehr still, die Geräusche der Stadt dringen nicht bis hierher. Feigel hat sich den Ort gut ausgesucht. Ich bin nie zuvor in diesem Teil des Hafenviertels gewesen, aber ich weiß, daß es nicht weit vom Zeeburgerdyk, den Miguel gegenüber Feigel erwähnte, entfernt sein kann.

Die kalte frische Luft läßt mich frösteln, deshalb ziehe ich die Tür zu und gehe wieder in den Salon zurück. Ich durchquere ihn, ohne die drei Leichen anzusehen, und öffne rasch die Tür zum Vorraum, wo mein Mantel und mein Hut hängen. Außer dem Haupteingang befindet sich dort auf der linken Seite noch eine eichengetäfelte Tür. Diese führt in ein nicht besonders großes, aber gut möbliertes Schlafzimmer. Mehr als die Hälfte des Raumes wird von einem riesigen Doppelbett eingenommen, auf dem eine bestickte Daunendecke liegt. Weitere Möbelstücke sind ein luxuriöser Toilettentisch mit einem großen runden Spiegel darüber, ein Doppelwaschbecken und ein weißlackierter Kleiderschrank. An der Wand hängt ein farbiges Bild in einem schweren vergoldeten Rahmen. Es stellt eine dralle nackte Frau mit blondem Haar dar, die sich in den eisenbewehrten Armen eines lohengrinähnlichen Ritters windet. Sentimental und grausam – Liebe auf teutonische Art. Der Kleiderschrank ist leer und die kleine Anrichte ebenfalls. Das Zimmer ist feucht und kalt, doch die teure Elektroheizung in der Ecke läßt erkennen, daß es gemütlich und warm sein kann, wenn dies gewünscht wird.

Ich zünde mir eine Zigarette an und gehe in den Salon zurück. Ich hebe rasch die Decke auf und lege sie über Achmeds Beine und Unterleib. Dann betrachte ich die drei Körper – von Männern, die mit lebenden Körpern handelten, die früher oder später selbst wieder tote Körper werden. Die Abscheu vor dem Fleisch.

Und Miguel hat natürlich recht. Der eigentliche Täter, dieser unschuldige alte Boss in Kairo, wird wegen dieser Verbrechen niemals belangt werden können. Beinahe wird mir wieder schlecht, deshalb gehe ich rasch in die Küche.

Dort befindet sich ein Stapel Geschirrtücher auf dem Regal über der Spüle. In den Saum eines der Tücher mache ich einen kleinen Schnitt mit meinem Taschenmesser und stelle fest, daß ich den Stoff leicht in lange dünne Fetzen reißen kann. Diese binde ich zusammen, bis ich zwei etwa zehn Meter lange Streifen habe. Das müßte reichen. Im Speisekammerschrank befindet sich eine Flasche Salatöl, und ich gieße es in eine Zinnschale. Ich rolle einen Stoffstreifen ordentlich zusammen und lege ihn in die Schale. Dann gehe ich die drei Benzinfässer holen. Eins stelle ich neben Achmed und ein zweites zwischen Feigel und Mochtar. Ich öffne das dritte Faß und gieße die Hälfte seines Inhalts über die toten Männer. Dann gehe ich in die Küche zurück, nehme den ölgetränkten Stoffstreifen aus der Schale und drücke ihn aus. Während ich ihn mit dem trockenen verflechte, überlege ich, daß dies eine gute, langsam brennende Zündschnur abgeben sollte. Ein Ende schiebe ich unter die Küchentür, dann gehe ich in den Salon und lege den Streifen dabei in ein kunstvolles Zickzackmuster. Das verbliebene Ende binde ich an einen Knopf von Feigels Mantel. Ich befeuchte meine Fingerspitze und halte sie dicht an den Fußboden. Es zieht leicht. Genug, um die Zündflamme anzufachen, und nicht stark genug, um sie auszublasen. Ich setze meinen Hut auf, lösche die Lichter und gehe durch die Küchentür hinaus. Bevor ich sie hinter mir schließe, zünde ich mit meinem Feuerzeug das Ende der Lunte an. Sie brennt gut. Ich schätze, daß ich zwanzig bis dreißig Minuten Zeit habe.

In raschem Schritt gehe ich den verlassenen Kai entlang und erreiche die dunkle Häuserreihe. Aufs Geratewohl biege ich um eine Ecke, dann um noch eine. Vor der beschlagenen Scheibe einer Bar bleibe ich stehen. Nebenan befindet sich ein völlig dunkler Lebensmittelladen, aber hinter den rosa Vorhängen im ersten Stock brennt Licht. Ich drücke auf die Klingel, und nach erstaunlich kurzer Zeit wird das Schnappschloß geöffnet. Das bedeutet, daß dies die richtige Adresse ist. Ich schlüpfe ins Haus und recke meinen Hals zu der rotgesichtigen jungen Frau hoch, die oben an der steilen Treppe steht und noch die Kordel in der Hand hält, mit der sie das Schnappschloß bedient hat. Ihr Morgenrock steht offen und läßt ihren schwarzen Spitzenslip und ihren schwarzen Büstenhalter sehen. Ich ziehe eine silberne Zweieinhalbguldenmünze aus der Tasche und werfe sie zu ihr hoch.

»Ich brauche ein Taxi, aber rasch«, sage ich. »Dies wird Ihre Telefonkosten decken.«

Sie fängt die Münze auf und ruft herunter:

»Noch acht von derselben Sorte, und Sie können sich gemütlich bei mir ausruhen. Frühstück inklusive.«

»Vielen Dank, aber ich habe soeben alles gehabt, was ich brauche. Ich schaue das nächste Mal rein.«

Sie zuckt die Achsel und sagt:

»Ziehen Sie bitte die Tür zu, wenn Sie gehen. Sie klemmt ein bißchen.«

Während ich in der kleinen, schwachbeleuchteten Eingangshalle stehe, in der es nach gekochtem Kohl riecht, blicke ich unverwandt auf meine Armbanduhr. In genau sieben Minuten ist das Taxi da. Ich weiß es. Diese Plätze haben ihre eigenen Absprachen. Und niemand redet.

»Alles zu Ihrer Zufriedenheit, mein Herr?« fragt der Chauffeur, während wir losfahren.

»Ausgezeichnet«, sage ich.

»Ja, ich habe nie Klagen über Truus gehört. Rückt zwar nur zwei Gulden für mich raus, wenn ich ihr einen Burschen bringe. Eigentlich müßten es fünf sein, das ist die übliche Kommission. Aber sie ist ein gutes Mädchen, macht nie Ärger. Das will viel heißen, in meiner Branche.«

Als wir durch die Abelstraat kommen, bitte ich ihn anzuhalten. Ich bezahle den Fahrpreis und ein zusätzliches Trinkgeld, nicht zu groß, nicht zu klein. Ich muß einer von vielen sein. Ich warte, bis das Taxi um die Ecke verschwunden ist, dann schlendere ich, die Hände in den Taschen, weiter.

Janus auf der Treppe

Die Straßenlaternen werfen ihr trostloses Licht auf den langen, leeren Gehweg. Von der anderen Straßenseite aus blicke ich zum oberen Stockwerk der Nr. 53 hoch und sehe, daß hinter dem Dachzimmerfenster noch Licht brennt. Während ich zum Haus hinübergehe, bemerke ich, daß es wieder in großen eiskalten Tropfen regnet. Ich öffne die Eingangstür mit dem Schlüssel, den sie mir gegeben hat. Das war ein raffinierter Schachzug von ihr, der mich völlig in Sicherheit gewiegt hat. Und sie selbst dachte, sie würde den Schlüssel ohnehin nicht mehr brauchen. Langsam steige ich die breite, mit Teppich belegte Treppe hinauf.

Auf dem ersten Absatz bleibe ich stehen, denn ich merke plötzlich, daß ich hundemüde bin. Während ich dort auf der obersten Stufe stehe, lege ich meine Hand auf den Januskopf, der die Spitze des massiven Treppenpfostens bildet. So wie ich es schon einmal getan habe. Vor fünf Stunden oder fünf Minuten. Janus ist der Gott all dessen, was hinausgeht und hereinkommt, er kümmert sich nicht um die Zeit. Gehe ich hinaus, oder komme ich herein? Auch ich blicke in zwei Richtungen, und ich weiß nicht recht, was ich davon halten soll. Nun gut, sagen wir, es war vor fünf Minuten, als ich ihr auf Wiedersehen sagte in ihrem kleinen gemütlichen Zimmer im nächsten Stock. Sagen wir, es tat mir nach der Hälfte dieser Treppe leid, und ich beschloß, in ihr Zimmer zurückzukehren. Wie ich es jetzt tue.

Durch das Oberlicht über ihrer Tür ist derselbe schwache rote Schimmer zu sehen wie beim ersten Mal. Ich stehe einen Augenblick still und lausche. Drinnen stöhnt jemand. Ich klopfe und sage laut:

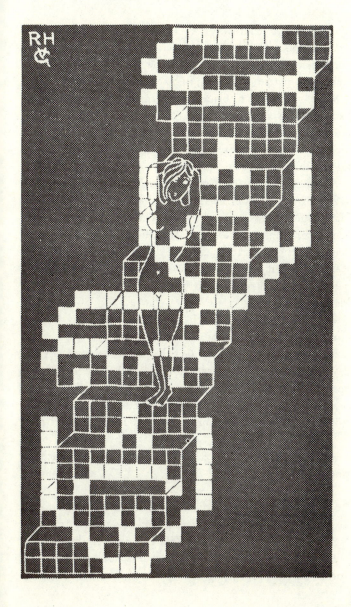

»Ich bin es, Hendriks.«

Das Stöhnen hört auf. Sprungfedern quietschen. Leise Schritte von Füßen in Hausschuhen, dann öffnet sich die Tür. Ich bleibe stehen, wo ich bin, stockstill, in blankem Erstaunen.

Sie ist mit Evelines blauem Schlafanzug bekleidet, aber sie kann nicht Eveline sein. Dieses geschwollene fiebrige Gesicht, diese dunkel umringten glanzlosen Augen! Eine schwarze Locke klebt an ihrer feuchten Stirn, die Schlafanzugjacke hängt nachlässig von ihren gebeugten Schultern.

»Kommen Sie herein«, sagt sie mit rauher Stimme. »Es zieht.«

Sie fröstelt, obwohl der Raum warm ist. Sie nimmt ihren Hausmantel vom Nagel an der Wand und wirft ihn sich über die Schultern, dann setzt sie sich auf die Bettkante, die Arme unter dem Mantel gekreuzt und dicht an die Brust gepreßt. Ich lege meinen Hut auf den Fußboden und nehme auf dem Eisenstuhl neben ihrem aus drei Koffern improvisierten Toilettentisch Platz.

»Der Schmerz ist schrecklich«, keucht sie. »Und Feigel ist tot. Gott, ich brauche ihn! Und er ist tot.«

Ich starre ihr eingefallenes Gesicht an. Miguel muß vor mir dagewesen sein und ihr alles erzählt haben. Sie beugt sich nach vorn, ihren Kopf dicht an meinem. Aber sie sieht mich nicht. Sie preßt die Hände gegen ihren Magen und beginnt wieder zu stöhnen, wobei sie den Körper hin und her wiegt. Ich muß versuchen, sie abzulenken.

»Hat Miguel Ihnen gesagt, daß die beiden Ägypter auch tot sind?«

Sie nickt.

»Es spielt keine Rolle«, flüstert sie. »Sie wußten nicht, daß Feigel seinen eigenen Vorrat hatte. Gott, was soll ich tun?«

Sie zittert so heftig, daß ihre Zähne zu klappern beginnen.

Plötzlich begreife ich. Ihre strahlende Schönheit am Abend vorher, die glänzenden Augen, die geröteten Wangen, die leidenschaftliche Hingabe bei der Zurschaustellung ihrer nackten Reize. Und die vollendete schauspielerische Leistung, als ich sie aufsuchte, und die geschickte Art, ihre vagen Geschichten zu formulieren. Ich hatte es nicht begriffen, ich, ein Experte! Aber dank eines glücklichen Zufalls kann ich ihr helfen. Ich knöpfe meinen Regenmantel auf, hole das dünne Röhrchen hervor und gebe ihr eine Tablette.

»Nehmen Sie, die lindert den Schmerz.«

Ich gieße Wasser aus dem Krug in den Plastikbecher. Sie stellt keine Fragen, sie schluckt die Tablette folgsam wie ein Kind.

»Als Miguel kam«, sagt sie teilnahmslos, »war es noch nicht so schlimm.«

»Weshalb kam Miguel hierher?« frage ich.

»Um nach Feigels Geld zu suchen, natürlich. Ich ging nach unten, weil ich jemanden in Feigels Zimmer rumoren hörte; es liegt direkt hier drunter. Ich dachte, es wäre Feigel. Aber es war Miguel. Ich fragte, was er dort tue. Er sagte, er hole ein paar Souvenirs ab, weil Feigel tot sei. Dann erzählte er mir, daß es auf dem Hausboot eine Schießerei gegeben habe. Er riet mir, in Amsterdam zu bleiben, und fragte, ob ich Geld brauche. Als ich verneinte, verschwand er mit Feigels vier Zigarrenkisten unter dem Arm. Ich habe Feigels ganzes Zimmer durchsucht, aber ich konnte nichts finden. War vielleicht etwas auf dem Boot, in dem kleinen Wandschrank im Schlafzimmer? Eine flache braune Flasche?«

»Nein, da war gar nichts. Was hat Miguel von mir erzählt?«

»Er sagte, Sie seien in der allgemeinen Verwirrung entkommen.«

Sie beginnt wieder zu stöhnen. Ich muß ihre Gedanken beschäftigen, bis die Tablette zu wirken beginnt. Ich frage:

»Wie sind Sie süchtig geworden? Durch Feigel?«

Sie hebt den Blick und sieht mich nun wirklich an, denn sie sagt: »Sie sehen auch nicht besonders gut aus.« Sie wirft einen raschen Blick in den Reisespiegel, der an der Wand lehnt, und streicht die feuchte Locke aus ihrer Stirn. Dann sagt sie bitter:

»Nein, die Klemme, in der ich stecke, ist mein eigenes Werk. Es begann vor zwei Jahren, als ich noch dumm genug war zu glauben, ich könnte ein Engagement in einem wirklich guten Nachtklub bekommen. Die Manager waren sehr, sehr freundlich zu mir, aber sie sind Geschäftsleute, und hielten Geschäft und Vergnügen streng voneinander getrennt. Der Morgen danach war immer die Hölle, und ein Freund aus Westindien gab mir verschnittene Zigaretten. Dann lernte ich Feigel kennen, und von ihm bekam ich den echten Stoff.«

Sie beißt sich auf die Lippe und unterdrückt einen Schmerzensschrei.

»Was werden Sie tun, jetzt, wo Feigel tot ist?«

»Mir irgendwo einen guten Vorrat von dem Zeug besorgen und Holland verlassen. Feigel gab mir das Schiffsticket und hundert amerikanische Dollar.«

»Feigel scheint ein großzügiger Bursche gewesen zu sein.«

»Das war er. Das Geld, das er mir gab, hat meinem festen Freund, mit dem ich zusammenlebte, und mir geholfen, einen großen Teil unserer Ausgaben zu bestreiten. Bert erfuhr natürlich nie, daß es von Feigel stammte. Er glaubte, ich würde es im ›Chez Claude‹ verdienen. Ausgerechnet im ›Chez Claude‹! Von dem Hungerlohn, den ich dort bekam, hätte ich mir nicht einmal Nylons kaufen können. Was wollte ich sagen?«

»Sie sprachen von Ihren Plänen für die Zukunft.«

»O ja. Nun, ich werde nach Beirut gehen und für eine Weile bei Feigels Witwe bleiben.«

»Bei seiner Frau?«

Sie zuckt die Achseln und sagt:

»Vergessen Sie die Geschichte, die ich Ihnen erzählte, daß Feigel eine Tournee durch den Mittleren Osten für mich arrangiert hätte. Und auch, was ich Ihnen über das Bild, das ich ihm angeblich schickte, erzählt habe. Ich habe den ganzen Unsinn erfunden, um Ihre Reaktion zu testen. Ich glaubte nämlich, Sie wären von der Polizei. Und ich befürchtete, Sie würden mir diese Chance, aus Amsterdam herauszukommen, vermasseln.«

»Warum hatten Sie es so eilig?«

»Ich hatte Angst, mein Freund Bert könnte merken, daß ich drogensüchtig bin. Der Junge hält große Stücke auf mich, ob Sie es glauben oder nicht. Jedesmal, wenn ich die Droge brauchte, erzählte ich ihm, ich hätte einen Auftritt im Hinterland oder so, und ging für ein oder zwei Tage auf Feigels Boot. Ich hatte den Schlüssel, und der Stoff befand sich im Wandschrank im Schlafzimmer, so daß ich immer dran konnte, selbst wenn Feigel nicht da war. Doch als ich das Zeug beinahe jeden zweiten Tag brauchte, wußte ich, daß Bert es herausfinden würde. Er ist in vieler Hinsicht noch ein Junge, aber keinesfalls ein Dummkopf. Ich erzählte Feigel also, daß ich fortgehen wolle, und er sagte, das würde ihm gut passen, da er in ein oder zwei Tagen nach Beirut zurückkehren müsse, und ich könne mit ihm fahren. Auf einem Schiff namens Djibouti, das nach Alexandria unterwegs sei.«

»Womit verdiente Feigel sein Geld?«

»Oh, mit allem möglichen. Er handelte mit Autos, Elektrogeräten, Tabak. Er gründete auch Bars und Nachtklubs und verkaufte sie wieder, wenn sie gut liefen. Er besaß einen Klub in Beirut, und er sagte, ich könnte dort vielleicht auftreten. Er war gebürtiger Pole, aber er hat sein ganzes Leben im Mittleren Osten verbracht. Er unternahm regelmäßig Geschäftsreisen nach Europa, und Amsterdam war sein Hauptquartier. Seine Frau stammt ebenfalls aus Polen, sie ist Jüdin, wie er mir erzählte, und die Nazis erwischten sie. Machten eine Armee-Hure aus ihr und behandelten sie so schlecht, daß sie geistesgestört wurde und die Hälfte der Zeit völlig zerstreut ist, das arme Ding. Um Himmels willen, der entsetzliche Regen hat wieder begonnen.«

Während ich schweigend dem Prasseln des Regens auf dem

Dach lausche, überlege ich, daß nur wenige Tatsachen mit dem übereinstimmen, was Achmed Mochtar über Feigels Vorleben erzählte. Was Achmed sagte, war offenbar wahr. Feigel mußte Eveline erzählen, er habe sein ganzes Leben im Mittleren Osten verbracht, weil er schlecht zugeben konnte, ein führender Nazianhänger gewesen zu sein; und noch dazu einer, der das Programm für die Judenvernichtung mitentwickelte. Es muß eine große Überraschung für Feigel gewesen sein, als er erfuhr, daß sein eigener Schatz, das jüdische Mädchen aus Polen, der inhumanen, grausamen Behandlung unterworfen worden war, die er selbst mitersonnen hatte. Ich überlege, daß Feigel, wenn er nicht als Nazi mit Massenmördern Umgang gehabt hätte, wahrscheinlich eine eher bemitleidenswerte Figur gewesen wäre.

»Dieser Regenguß kann nicht lange dauern«, bemerke ich.

Sie zieht eine zerknitterte Packung Zigaretten aus der Tasche ihres Hausmantels, zündet sich eine an und wirft die leere Schachtel in die Ecke.

»Feigel war ein Bursche, mit dem man ganz gut auskommen konnte«, sagt sie nachdenklich. »Er war in seine Frau vernarrt. Das Haus in Beirut ist auf ihren Namen eingetragen, und er hat eine Menge Geld für sie auf der Bank. Sie weiß über mich und Feigels Beziehung zu mir Bescheid, und sie wird mich bei sich wohnen lassen. Das bedeutet, daß ich wenigstens ein Dach über dem Kopf haben werde.«

»Ich denke, Sie sagten, Feigel war in seine Frau vernarrt. Warum...«

»Das war er«, unterbricht sie ungeduldig. »Aber da sie den Lagerärzten der Nazis in die Hände fiel und geistig gestört ist, können Sie sich vielleicht denken, was ich meine. Feigel ist anscheinend lange ohne ausgekommen. Dann lernte er mich kennen und begann mich irgendwie zu mögen.«

»Warum hat er Ihnen dann Drogen gegeben, anstatt Ihnen zu helfen, die Sucht loszuwerden?«

»Weil er nur mit mir schlafen wollte, wenn ich auf einem Trip und er betrunken war. Auf diese Weise sei es so weit von der wirklichen Sache entfernt, sagte er, daß er sich nicht wie ein völlig gemeiner Kerl vorkäme. Er hatte sich das nämlich alles genau überlegt. Und es kurierte mich von meiner lästigen Selbstachtung. Jedenfalls werde ich bei Feigels Frau wohnen und sehen, was daraus wird.«

»Bei Feigels Witwe zu wohnen, wird Sie in Schwierigkeiten bringen«, sage ich.

»Warum?«

»Weil Feigel und die beiden Ägypter für einen Boss in Kairo, einen zähen alten Mann, arbeiteten, soviel ich gehört habe. Wenn seine drei Beauftragten nicht mit der Djibouti zurückkommen, wird er sich fragen, was mit ihnen passiert ist, und ein paar unangenehme Typen losschicken, um das herauszufinden. Feigels Beiruter Adresse wird auf seiner Liste stehen, und Sie sollten besser nicht da sein, wenn die Kerle klingeln. Haben Sie hier keine Verwandten, zu denen Sie gehen könnten?«

Sie schüttelt entschieden den Kopf. Jetzt, da die Tablette den Schmerz besänftigt hat, kehren ihre Lebensgeister wieder zurück.

»Meine Eltern starben, als ich erst vierzehn war, und ich wuchs bei meiner älteren Schwester auf. Diese Ratte von ihrem Mann regte sich immer über mich auf, und beide waren heilfroh, als ich achtzehn wurde und sie keine Verantwortung mehr für mich zu tragen brauchten. Ich will nicht dorthin gehen, und sie würden mich nicht haben wollen. Niemals.«

»In dem Fall würde ich zu Bert zurückkehren. Ich habe den Brief gelesen, den er Ihnen geschrieben hat, und ich glaube, er mag Sie sehr. Ich frage mich nur, warum er Ihnen einen Brief schrieb, anstatt hierher zu kommen und mit Ihnen zu reden.« Ein richtiger kleiner Hauptmann Uyeda bin ich. Aber ich möchte alles sauber und ordentlich haben. Eveline stört es nicht.

»Ich hatte ihm diese Adresse extra nicht gegeben, um zu verhindern, daß er kommt. Er schickte seinen Brief zu Feigels Händen ins ›Chez Claude‹. Bert sollte nicht wissen, wann und wie ich Amsterdam verlassen würde.« Sie denkt eine Weile nach, ich sehe die tiefen Linien neben ihrem vollen Mund. »Nein, ich kann unmöglich zu Bert zurück, ich habe ihm schon genug Schwierigkeiten bereitet. Seine Eltern gehören nämlich zu der streng religiösen Sorte, wissen Sie. Gegen mich als Künstlerin hatten sie nichts einzuwenden, nicht allzuviel jedenfalls, und auch nicht gegen eine Studentenehe, solange es eine richtige Ehe war, wohlgemerkt. Als ich ohne Hochzeitsglocken mit Bert zusammenlebte, enterbten sie den armen Kerl und stoppten seinen Monatswechsel.«

»Bert wollte Sie nicht heiraten?«

»Natürlich wollte er mich heiraten! Aber verstehen Sie denn nicht, daß ich nein sagen mußte? Wenn ich ihm noch begegnet wäre, als ich nur die Zigaretten rauchte, hätte ich ja gesagt. Mich als solide kleine Amsterdamer Hausfrau niederzulassen entsprach zwar nicht genau meiner Vorstellung von Vergnügen, aber wer weiß, ob das Vergnügen am Ende so vergnüglich ist? Jedenfalls lernte ich Bert zwei Monate, nachdem ich mich mit Feigel eingelassen hatte, kennen. Mein Pech. Haben Sie eine Zigarette? Meine sind alle.« Nachdem ich ihr eine gegeben und sie für sie angezündet habe, nimmt sie einen tiefen Zug.

»Meine Idee war«, fährt sie müde fort, »Bert später aus Beirut zu schreiben, daß ich nicht zurückkommen würde, weil ich einen netten Kerl kennengelernt und ihn geheiratet hätte. Bert wäre eine Zeitlang traurig gewesen, aber er wäre darüber hinweggekommen, und alles hätte sich für ihn wieder eingerenkt. Ich bin keine Heilige, wie Sie inzwischen bemerkt haben werden, aber ich weigere mich, das Leben anderer Leute durcheinander zu bringen.«

»Viele Männer mögen es, wenn eine Frau ihr Leben durcheinanderbringt«, sage ich. »Sie fühlen sich dann wichtig. Und jeder Mann möchte sich gern wichtig fühlen.«

»Vielleicht. Aber Bert ist zu jung dafür. Mit seinen Eltern zu brechen war sehr schmerzhaft für ihn, denn er und seine Mutter standen sich sehr nahe. Er ist nämlich nicht wie Sie und ich. Er ist schrecklich ernsthaft. Er hätte nie mit mir weitergemacht ohne Kirche und Standesamt, wenn ich ihm nicht versprochen hätte, daß wir das nachholen würden, sobald wir beide ganz sicher wären. Er versucht immer, sich über die Dinge klar zu werden, und macht sich Sorgen, was mit der Welt geschieht und all das. Es hat mir nichts ausgemacht, ihm zuzuhören, denn ich mochte seine Stimme, und es ist schön, zur Abwechslung einem Burschen zuzuhören, der wirklich meint, was er sagt. Wenn Bert erfahren würde, wer ich tatsächlich bin, würde er sich umbringen. Ob Sie es glauben oder nicht.«

»Da bin ich völlig anderer Meinung. Ein Bursche wie Bert würde gern eine gefallene Frau aufrichten, wie es in den Büchern heißt, die er zu Hause gelesen hat. Ich meine, Sie sollten ihm alles erzählen. Nur die Bettgeschichten mit Feigel würde ich natürlich auslassen. Mit der Ehrlichkeit ist es wie mit Almosen, beide sind dann am wirkungsvollsten, wenn sie weise ausgeteilt werden.«

Sie wirft mir einen bösen Blick zu.

»Sie werden nie einen netten, aufrichtigen jungen Kerl wie Bert begreifen. Und ich will Ihnen jedenfalls nicht für den Rest meines Lebens dankbar sein müssen. Niemandem, und am allerwenigsten Bert.« Sie beißt sich auf die Lippe. Dann sieht sie mich prüfend an und sagt kurz: »Sie würden mich nehmen, wenn ich einverstanden wäre, sagten Sie früher in der Nacht. Gilt das Angebot noch?«

»Natürlich.«

»Nun«, fährt sie mit einem trüben Lächeln fort, »in dem Fall könnten Sie mir ein bißchen mehr über sich selbst erzählen. Das habe ich zwar schon einmal gesagt, aber diesmal meine ich es ernst! Sind Sie nicht verheiratet?«

»Ich war es, zweimal. Beide Frauen sind gestorben.«

»Erzählen Sie mir von ihnen, wenn es Ihnen nichts ausmacht. Auf diese Weise bekomme ich eine allgemeine Vorstellung davon, wie Sie selber sind.« Sie drückt ihre Zigarette aus. »Ich werde mich jedoch ein wenig hinlegen.«

Sie steht auf und schüttelt den Hausmantel von ihren Schultern. Ihr Schlafanzug ist schweißdurchnäßt.

Rasch schlage ich die Steppdecke für sie zurück, und sie schlüpft darunter. Sie streckt sich auf dem Bauch aus und legt den Kopf auf ihre Arme, die sie auf dem Kissen verschränkt hat. Ich decke sie zu und lege den Hausmantel obenauf. Dann lehne ich mich zurück und zünde mir eine neue Zigarette an. Der Regen hat aufgehört, es ist jetzt sehr still. Nach einer Weile sage ich:

»Es gab eine Zeit, da fühlte ich mich für den Tod von beiden verantwortlich. Es ging nämlich alles etwas durcheinander. Meine zweite Frau hieß Lina, und sie sah genauso aus wie Sie. Sie...«

»Hat sie Sie geliebt?«

»Manchmal ja. Im übrigen bin ich mir nicht so sicher. Meine erste Frau, ich nannte sie Effie, war ein nettes, vernünftiges Mädchen, eher ein Typ wie ich. Wir gingen nach Java, und wir hatten eine kleine Tochter. Ich liebte meine Frau sehr, und sie mich. Aber ich war ein Narr, ich glaubte, unser Zusammenleben sei zu ruhig, zu friedlich, nicht romantisch genug, um wirklich zu sein. Nicht... nicht leidenschaftlich genug, wenn Sie verstehen, was ich meine.«

»Nein, das verstehe ich überhaupt nicht«, entgegnet sie mürrisch.

Ich verstehe es selbst nicht ganz. Deshalb sage ich: »Es ist auch nicht wichtig. Nun, es war vor vielen Jahren, 1942. Da waren Sie gerade zwei Jahre alt. Meine Tochter Bubu war vier.« Ich gebe

ihr einen kurzen Bericht von der Landung der Japaner auf Java und von der konfusen Situation. »Ich war zum Hauptmann befördert worden und vierundzwanzig Stunden in meinem Jeep unterwegs gewesen. Schließlich landete ich in Bandong, wo ich unseren Truppen half, während der japanischen Angriffe ein Minimum an Ordnung aufrechtzuerhalten. In meinem eigenen Bezirk im Hinterland wüteten einheimische Fanatiker, und ich machte mir Sorgen um meine Frau. Aber auch wieder nicht zu sehr, denn sie hatte immer viel für die Einheimischen getan, und diese schätzten sie. Außerdem wußte ich, daß unsere Bediensteten loyal waren. Um zehn Uhr abends teilte der Oberst mir mit, daß ich nach Hause fahren könne, eine Stunde Fahrt durch die Landschaft. Ich hielt an einem kleinen Hotel am Rande der Stadt, um ein schnelles Bier zu trinken. Hier kommen Sie ins Spiel. Nur, daß Ihr Name Lina war. Ein paar betrunkene Soldaten waren wegen ihr in Streit geraten und...«
»War sie eine Prostituierte?«
»Nein. Sie war verfügbar, wenn Sie wissen, was ich meine. Nun, einer der Soldaten lief Amok und wollte sie umbringen. Ich erschoß ihn und schlief mit ihr. Was nicht unbedingt das Richtige war. Mit ihr zu schlafen, meine ich.«
Sie zuckt die Achseln.
»Es kommt manchmal einfach über einen. Ich kenne das.«
»Genau. Eine Stunde später fuhr ich weiter und dachte, es sei letztlich zum Besten gewesen, denn ein Jeep mit einem Aufgebot an Militärpolizei überholte mich, und ich bat sie, mich zu eskortieren. Wir gerieten in einen Hinterhalt, mein Jeep wurde zertrümmert, aber die Soldaten verjagten die Angreifer und fuhren mich nach Hause. Der Zwischenfall bedeutete eine weitere halbe Stunde Zeitverlust. Als ich zu Hause eintraf, stand das Gebäude in Flammen. Die religiösen Fanatiker hatten eine Stunde zuvor angegriffen und meine Frau, meine kleine Tochter und unsere einheimischen Bediensteten abgeschlachtet.«

Ich ziehe an meiner Zigarette und fahre fort:

»In dem überreizten Zustand, in dem ich mich befand, gab mir der Schock den Rest. Als ich phantasierend das Bewußtsein wiedererlangte, war ich Gefangener der Japaner. Sie schleppten mich nach Bandong, weil sie einen Mann namens Hendriks suchten, einen unserer Geheimdienstagenten, und sie glaubten, das wäre ich. Sie wollten mich verhören. Schlafen Sie?«

»Nein, ich höre zu. Erzählen Sie mir mehr von Lina.«

»Später erfuhr ich, daß Lina am folgenden Morgen, als sie von dem Massaker hörte, zu meinem Haus gefahren war. Nachdem ich ohnmächtig geworden war, kamen die Fanatiker zurück und töteten die vier Soldaten, die bei mir gewesen waren. Mich ließen sie dort liegen, weil sie mich tot glaubten. Lina fand mich und kümmerte sich um mich, und als die Japaner kamen, brachte sie sie dazu, mir von ihren Sanitätern ein paar Spritzen geben zu lassen, indem sie sie überzeugte, daß man einen Toten nicht verhören kann. Sie hatte so ihre eigene Art, die Lina. Ich verbrachte mehr als drei Jahre im Lager und im Militärgefängnis, aber sie blieb frei, weil sie Halbindonesierin war. Sie besuchte mich regelmäßig und schmuggelte nützliche Dinge für mich ein. Als der Krieg vorbei war, heiratete ich sie. Nicht aus Dankbarkeit, wohlgemerkt. Einfach, weil ich sie unbedingt haben wollte.«

»Das wird ihr besser gefallen haben als Ihre Dankbarkeit«, wirft Eveline trocken ein. »Wie kamen Sie miteinander aus?«

Ich erzähle ihr ein wenig über unsere gemeinsamen Jahre und dann, wie Lina von unserem früheren Hausboy erschossen wurde. Eveline schweigt so lange, daß ich mich über sie beuge, um zu sehen, ob sie eingeschlafen ist. Ich würde ihr keinen Vorwurf machen. Aber sie ist hellwach. Sie wendet mir den Kopf zu und sagt:

»Natürlich hat sie Sie geliebt, sonst hätte sie Sie nicht drei Jahre besucht. Drei Jahre sind eine lange Zeit im Leben eines jungen

Mädchens. Das Kind war von Ihnen, und Sie waren für ihren Tod verantwortlich. Nicht für den Ihrer ersten Frau, das war einfach nur verdammtes Pech. Wenn Sie früher aus der Stadt aufgebrochen wären, hätten die Kerle, die im Hinterhalt lagen, Sie getötet. Und wenn die Sie verfehlt hätten, hätten die Leute, die Ihr Haus überfielen, Sie erwischt.«

»Nein, der Hinterhalt war erst ungefähr zwanzig Minuten zuvor gelegt worden. Wir haben einen ihrer Verletzten verhört, und er konnte uns das gerade noch sagen, bevor er seinen Geist aufgab. Und was die Fanatiker betrifft, so kannte ich ihren Anführer sehr gut. Er pflegte mich zu besuchen, um alle möglichen religiösen Probleme mit mir zu diskutieren, und ich zitierte aus ihrem heiligen Buch in der ursprünglichen arabischen Sprache. Das bedeutet viel für diese Leute, wissen Sie. Sie befanden sich in einer Raserei, als sie angriffen, aber ich hätte sie zur Vernunft bringen können, glaube ich. Das heißt, wenn ich dagewesen wäre, um mit ihnen zu reden.«

Sie zuckt die Achsel.

»Denken Sie, was Sie wollen. Aber was Ihre zweite Frau angeht, die haben Sie tatsächlich umgebracht. Denn Sie wünschten, sie wäre tot. Und so etwas ist eine verdammt üble Sache.«

»Sie haben vollkommen recht.«

Sie stellt ihr Kissen aufrecht an die Wand, dreht sich um und lehnt sich mit dem Rücken dagegen. Sie winkelt die Beine an und zieht die Steppdecke darüber. Dann sagt sie bitter:

»Ja, jetzt habe ich begriffen. Sie laufen nicht hinter mir her, weil Sie mich mögen, sondern weil ich ein Teil Ihres verfluchten Komplexes bin. Sie halten verdammt viel für selbstverständlich, wenn es um Frauen geht, mein Freund.« Sie schüttelt den Kopf und fährt mit resignierter Stimme fort: »Das Problem mit uns Frauen ist, daß wir an den netten, unkomplizierten Burschen, die sich manchmal Zeit für unsere Gefühle und Gedanken nehmen, vorübergehen. Und so bleiben wir bei durch und durch egoistischen Burschen wie Ihnen und Feigel hängen, denen wir völlig gleichgültig sind und die über ihren eigenen Komplexen brüten wie das Huhn über seinen Eiern.« Sie zuckt die Achseln. »Malysch, das ist nicht zu ändern, wie Feigel zu sagen pflegte. Nun, wohin wollen Sie mich mitnehmen? Ich kann nicht hier bei Ihnen in Amsterdam bleiben, denn ich möchte Bert nicht über den Weg laufen.«

Ich stütze meine Ellbogen auf die Knie, lege das Kinn in meine Hände und sehe sie an. Mir kommt der Gedanke, daß ich, so vornübergebeugt dasitzend, Hauptmann Uyeda ähneln muß, der einen Gefangenen studiert. Allerdings nicht so unpersönlich. Sie ist immer noch eine sehr begehrenswerte Frau für mich. Und ich könnte argumentieren, daß das alltägliche Leben weitergehen wird, weitergehen muß, auch wenn sich meine geistige Einstellung in den vergangenen paar Stunden völlig geändert hat. Ich muß essen und trinken und gehen und schlafen und vermutlich eine Frau an meiner Seite haben. Denn alle Zen-Texte sind übereinstimmend der Meinung, daß ein ausgeglichener Geist einen ausgeglichenen Körper verlangt. Ich könnte Eveline sogar helfen, daß auch sie ihr Gleichgewicht wiedererlangt. ›Reintegration des Süchtigen in die normale Gesellschaft‹ – so lautete der Titel des letzten Kapitels meines O.V.P.-Berichts. ›Der Autor ist sich der moralischen Verantwortung der Regierung bewußt‹, vermerkte ein hoher Beamter in Batavia lobend am Rande. Damals freute ich mich wie ein Schneekönig. Heute freue ich mich nicht mehr so sehr. Verzichten fällt schwer. Selbst wenn man den Gipfel des Fudschijama erreicht hat. Aber ich sollte trotzdem einen klaren Schlußstrich unter mein bisheriges Leben hier in Amsterdam ziehen. Es ist eine Stadt der Schatten für mich geworden. Eine tote Stadt, wo ich für immer allein sein würde.

»Hat Feigel Ihren Paß in Ordnung gebracht?«

Als sie nickt, schüttle ich eine zweite Tablette aus dem dünnen Röhrchen und lege sie neben dem Plastikbecher auf den Koffer.

»Sie müssen sich ausruhen«, sage ich. »Nehmen Sie diese zweite Tablette, sie wird Sie bis spät in den Morgen schlafen lassen. Ich hole Sie ab, und wir nehmen zusammen einen guten Imbiß ein. Dann fahren wir mit meinem alten Auto nach Paris. Dort machen wir einen Ort ausfindig, wo wir einen Vorrat an Stoff bekommen, damit Sie sich langsam entwöhnen können. Anschließend fahren wir weiter nach Süden, ans Mittelmeer, sagen wir Spanien. Legen uns an den Strand, schwimmen ein bißchen und fahren Boot. Ich kann selbst einen langen Urlaub gebrauchen, und ich habe genügend Geld für etwa ein halbes Jahr. Danach sehen wir weiter.« Das gefällt mir. Was mir nicht so gut gefällt, ist, was ich hinzufügen muß, aber es ist Teil der Behandlung. »Sie brauchen mir nicht zu danken, nicht ein einziges Mal. Denn ich habe immer gern eine Frau bei mir, wenn ich Urlaub mache, und wenn Sie mitfahren, ersparen Sie mir die Mühe und das Geld, mir in Eile eine zu suchen, die mir paßt.«

Das gefällt ihr nicht, aber sie schluckt es, ohne mit der Wimper zu zucken.

»Das scheint mir eine gute Idee zu sein«, sagt sie ruhig. »Ich bin nie weiter südlich als bis Brüssel gekommen, und es wird lustig sein zu sehen, was man in Paris trägt. Holen Sie mich hier ab?«

»Besser nicht. Es hat heute abend ein paar Schwierigkeiten mit Miguel gegeben, und es könnte sein, daß die Polizei morgen dieses Haus überwacht. Gehen Sie durch das Gartentor hinaus. Wir treffen uns auf dem Dam, sagen wir am Kriegerdenkmal. Dort in der Nähe gibt es viele gute Restaurants. Um Viertel vor zwei werde ich mit meinem Auto da sein.« Ich stehe auf. Sie streckt ihre Hand unter der Decke hervor. Ich drücke sie, und sie ist klein und warm.

»Bis auf dem Dam!« sagt sie mit einem schwachen düsteren Lächeln.

Ich ziehe die Tür hinter mir zu und steige die schmalen Stufen hinab. Auf dem Absatz, am Treppenpfosten mit dem Januskopf, bleibe ich stehen und betrachte eingehend dessen zwei Gesichter. Beide lächeln. Lächeln dem Hereinkommenden zu und dem Hinausgehenden. Ich habe endgültig beschlossen hinauszugehen. Also habe auch ich zwei Gesichter, das eine lächelt, das andere blickt mürrisch. Welches hat recht? Ich seufze und sehe auf meine Uhr. Es ist halb sechs. Ein früher Morgen. Ich tätschele Janus' hölzerne Locken und gehe die breite Treppe hinunter.

Ich gehe aufs Geratewohl durch die dunklen Straßen und biege um mehrere Ecken, bis ich sehe, was ich suche. Ein öffentliches Telefon in einer sauberen Glaszelle. Ich hole meine Brieftasche hervor und sehe auf der alten Rechnung nach. Dann stecke ich ein Zehn-Cent-Stück in den Schlitz und wähle fünfmal die Acht. Eine einigermaßen muntere Stimme meldet sich beinahe sofort. Ich bezahle meine Steuern offensichtlich nicht ganz umsonst. Ich räuspere mich bedeutsam und sage:

»Ich habe eine Information für Sie. Irgendwo auf dem Zeeburgerdyk gibt es ein Hotel oder eine Pension, Telefon neun-neun-null-sechs-vier... Haben Sie das? Nein, dies ist kein Scherz. Absolut nicht. Nein, ich weiß den Namen nicht, aber ich wiederhole die Telefonnummer: neun-neun-null-sechs-vier. Ein Ausländer, der dort wohnt, befindet sich im Besitz von vier Zigarrenkisten mit unerlaubten Drogen. Der Vorname des Mannes ist Miguel. Ja, ich buchstabiere. M wie Michael, I wie Isaac... Sie können ihn nicht verfehlen, groß, blond, gelocktes Haar, kleiner blonder Schnurrbart. Ich bin mir nicht sicher, ob er weiß, daß die Kisten Drogen enthalten, wohlgemerkt. Sie können ihm von einem internationalen Schmugglerring untergeschoben worden sein. Ihr Hauptquartier ist Kairo, glaube ich. Viel Glück und auf Wiederhören.« Auf seine aufgeregten Fragen hin hänge ich ein.

Ich bin kein Polizist, aber ich bin der Autor des O.V.P.-Berichts. Ich habe viel Arbeit in ihn investiert, Krankenhäuser und

Kliniken besucht und dort die menschlichen Wracks gesehen. Und ich komme soeben von Eveline. Wenn ich es verhindern kann, wird die große Rauschgiftsendung ihr Ziel nicht erreichen. Ich frage mich allerdings, warum ich Miguel den Vorteil des Zweifels an seiner Mitwisserschaft eingeräumt habe. Wahrscheinlich weil ich das Gefühl habe, daß er verhindert hat, daß mir der Kopf eingetreten wurde.

Tief in Gedanken überquere ich die Straße. Ein Metzgerjunge auf seinem Fahrrad weicht mir im letzten Moment aus und verfehlt mich knapp.

»Passen Sie doch auf, Sie Hornochse!« ruft er mir über die Schulter zu.

Er hat recht, ich sollte besser aufpassen. Ich weiß nicht, ob die Polizei Anrufe aus einer öffentlichen Telefonzelle zurückverfolgen kann. Während ich auf ein Taxi warte, versuche ich die Fakten zu sichten. Miguel ist ein gerissener Bursche, er benutzte geschickt mein Interesse an Eveline, um mich in meiner falschen Auffassung zu bestärken, daß Feigel und seine Männer Mädchenhändler wären. Sie waren es nicht. Sie handelten mit verbotenen Drogen, was weniger riskant und zwanzigmal profitabler ist. Sie hatten gerade eine erfolgreiche Europatour abgeschlossen. Da Achmed zu Mochtar von Kaufen und Verkaufen sprach, müssen sie das lokale ägyptische Produkt, zum Beispiel Opium oder Hanf, verkauft und Heroin, Kokain oder irgendeine andere Wohltat unserer westlichen Zivilisation gekauft haben. Im Auftrag jenes ehrwürdigen alten Burschen in Kairo, den sie als Scheich bezeichneten. Die Tatsache, daß Achmed ›verkaufen‹ erwähnte, hätte mir sagen müssen, daß ich auf der falschen Spur war, als ich sie für Mädchenhändler hielt. Doch da hatte ich offenbar zu viele andere Dinge im Kopf.

Miguel handelt weder mit Mädchen noch mit Drogen. Ich glaube, daß er wirklich ein Gigolo und ein gelegentlicher Juwelendieb ist, wie er mir erzählte. Feigel stellte ihn ein, weil Miguel in den Hauptstädten und Vergnügungsorten Westeuropas zu Hause ist und Feigel daher den richtigen Leuten vorstellen konnte. Als Belohnung für geleistete Dienste hatte Feigel versprochen, Miguel nach Ägypten zu bringen und ihm dort einen neuen Paß und eine neue Identität zu verschaffen.

Soweit waren mir die Dinge jetzt klar. Ebenso die erste Phase der Ereignisse auf dem Hausboot. Mochtar war ein professioneller Killer, der die Nerven verlor, als er den Mann töten mußte, den er heimlich bewunderte. In seiner Raserei wollte er jeden umbringen, der sich in Sichtweite befand, mich zuallererst. Feigel wollte eingreifen, und Mochtar erschoß ihn. Nicht glauben kann ich, daß Mochtar und Feigel sich praktisch gleichzeitig totschossen; diese Idee mußte Miguel aus einem Groschenroman oder etwas Ähnlichem haben. Ich glaube, daß Miguel unmittelbar hinter Feigel hereinkam und nicht erst eine Weile später, wie er mir erzählte; dieser Teil seiner Geschichte war ziemlich schwach, denn wen kümmert es schon, wie ein Auto mitten in der Nacht auf einem einsamen Kai geparkt ist? Miguel sah, wie Mochtar Feigel erschoß, und Miguel erschoß Mochtar, bevor dieser auch ihn erschießen konnte. Nachdem Miguel Mochtar erschossen hatte, wurde ihm klar, daß er die Rauschgiftsendung, die ein kleines Vermögen wert war, einfach nur mitzunehmen brauchte, denn außer ihm war jetzt niemand mehr da. Er hatte die ganze Zeit gewußt, daß die Drogen in den Zigarrenkisten verborgen waren, deshalb seine gekonnte Schauspielerei mit der einen Kiste, die er aus Feigels Tasche nahm. Denn Feigels Zigarren lagen ihm in dem Moment sehr am Herzen. Ich glaube nicht, daß Miguel sowohl Mochtar als auch Feigel absichtlich erschoß, um die Drogen ganz für sich allein zu haben. Aber das ist genau das, was die Polizei denken würde, nachdem sie Feigels Aktivitäten auf die Spur gekommen wäre und herausgefunden hätte, daß er nicht mit Frauen, sondern mit Rauschgift handelte. Daher war Miguel so erpicht darauf, daß ich der Polizei meine Geschichte erzählte. Und er wird dafür gesorgt haben, daß die Tatsachen diese Geschichte stützten, indem er die richtigen Pistolen an die richtigen Stellen legte, damit sie mit den richtigen Patronen übereinstimmten. Er hatte viel Zeit, alles zu arrangieren, während ich halbbetäubt mit dem Gesicht an der Wand lag.

Die Polizei wird Miguel wahrscheinlich in seiner Herberge schnappen. Er hatte gesagt, daß er sie in drei oder vier Stunden verständigen würde, wobei er den Anschein erweckte, als wolle er Holland in Feigels Auto verlassen und von einer Grenzstation aus anrufen. Aber damit hatte er mir nur Sand in die Augen streuen wollen. Warum sollte er Holland mit seinen vier wertvollen Zigarrenkisten verlassen? Internationale Rauschgiftringe haben eine vorzügliche Organisation, und er würde riskieren, daß sich die europäischen Agenten des Scheichs an seine Fersen hängten, von der französischen Polizei ganz zu schweigen. Die Djibouti kommt natürlich nicht in Frage, da das Schiff dem Scheich gehört. Amsterdam ist keine schlechte Stadt, um darin für eine Weile unterzutauchen, vorausgesetzt man hat das Geld und spricht die Sprache. Zu gegebener Zeit könnte Miguel hier einen Agenten der Konkurrenz des Scheichs kontaktieren, das Zeug verkaufen und verschwinden.

Miguel ist ein raffinierter Bursche, er weiß genau, wie er Lügen überzeugend klingen lassen kann, indem er ein Körnchen Wahrheit einstreut. Es könnte ihm gelingen, die Polizei zu überzeugen, daß er von den verbotenen Drogen in den Zigarrenkisten nichts wußte. Er besitzt Feigels Papiere und Achmeds Notizbuch, so daß er der Polizei eine lange Liste mit höchst interessanten Namen und Adressen liefern kann, und die Polizei wird dafür gebührend dankbar sein. Er wird ihnen eine ausführliche Geschichte erzählen, sich aber sorgfältig davor hüten, das Hausboot, Eveline oder mich zu erwähnen. Er hat sich in der Nachbarschaft aufgehalten, also wird er die Explosion gehört und einen Blick auf den Schaden geworfen haben. Er wird zu dem

Schluß gekommen sein, daß ich getötet wurde und er dafür verantwortlich ist. Darum wird er den Mund halten, denn er ist ein schlauer Ganove. Daß Eveline ihn überraschte, als er in die Abelstraat 53 zurückkehrte, nur um einen Vorrat an Zigarren zu holen, die er nicht raucht, und daß Eveline dies mir gegenüber erwähnte, war sein Pech. Er hat immer noch eine Chance, zu seinen einsamen Angelausflügen in St. Georges Bay oder in der Bucht von Neapel zu kommen. Wenn er die Finger vom Schmuck seiner mittelalterlichen Freundinnen und sein Herz ihn nicht im Stich läßt.

Ich vernehme Stimmen vor mir. Sie klingen sehr laut in der stillen Straße. Zwei Betrunkene streiten mit einem Taxifahrer unter einer Laterne. Als ich bei ihnen angelangt bin, höre ich, daß der Motor läuft. Ich gebe dem Taxifahrer ein Zeichen und steige ein. Wir fahren los und lassen die immer noch laut, aber phantasielos fluchenden Betrunkenen auf dem Gehweg stehen.

Während wir um eine Ecke biegen, sagt der Fahrer:

»Daß sie betrunken sind, macht mir nichts aus. Ich trinke selbst gern einen Tropfen nach Dienstschluß. Aber sie sollten mich nicht beschimpfen. Welche Nummer sagten Sie gleich?«

Ich nenne ihm die Nummer, und er fährt mich nach Hause.

Rendezvous auf dem Dam

Nachdem ich die vertraute braune Haustür mit meinem Schlüssel geöffnet habe, gehe ich zu dem Wandtelefon in der kalten Halle und schlage das eselsohrige Telefonbuch auf. Die Firma Nivas ist darin verzeichnet, so wie ich es mir gedacht hatte. Damit wird es also keine Schwierigkeiten geben, denn man rührt sich nicht aus seinem Zimmer, wenn man einen wirklichen Kater hat. Ich kritzle die Nummer an die Wand, die bereits mit den Telefonnummern und Hieroglyphen meiner Pensionskollegen verziert ist.

Der nächste Punkt wirft ein Problem auf. Vor etwa zwei Jahren schrieb mir ein Arzt hier in Amsterdam und bat mich, den Verfasser des o.v.p.-Berichts, um zusätzliche Details, da er sich auf die Heilung von Drogensüchtigen spezialisiert habe. Es war ein sehr freundlicher Brief, aber ich habe ihn nie beantwortet, und jetzt fällt mir der Name nicht ein. Ich schnappe mir das Branchenverzeichnis und gehe die lange Liste der Ärzte durch. Plötzlich erkenne ich seinen Namen wieder, unter den Neurologen. Ich schreibe ihn ebenfalls an die Wand und gehe dann die Treppe hinauf. Auf Zehenspitzen, denn der Kunststoffteppich ist fadenscheinig, und ich möchte meine alte Wirtin nicht aufschrecken. Ich genieße den Ruf eines ruhigen, soliden Mieters.

Ich knipse das Licht in meinem Wohn-Schlafraum an. Er hat zwei Fenster, die auf die Straße gehen und jetzt hinter langen Vorhängen aus dunkelgrünem Serge verborgen sind. Das Zimmer ist kalt und trostlos, und ich trete rasch an den dickbauchigen Ofen, öffne die Abzugsklappe und raßle heftig mit dem Rost, bis ein paar glühende Kohlen herunterfallen. Dann stelle

ich mich vor den Ofen mit dem Rücken zum hölzernen Kamin, der in der Art von gesprenkeltem Marmor bemalt ist.

Die Hände tief in den Taschen meines Regenmantels vergraben, betrachte ich kritisch den billigen bemalten Holzschreibtisch und den gepolsterten Armstuhl mit dem häßlichen Riß im Leder dahinter, den ich immer hatte flicken lassen wollen. Meine keusche, schmale Schlafcouch unter dem hölzernen Regalbrett, das ich selbst an die Wand genagelt habe, um meinen Wecker und das kleine Radio darauf zu stellen. Den Eisenständer mit dem Gaskocher, auf dem ich Tee und Kaffee zubereite. Die auf einer Auktion erstandenen Regale, beladen mit Büchern, die ich eines nach dem anderen kaufte und deren keines sich als von bleibendem Nutzen erwies. Und den zu großen Kleiderschrank, der meiner Wirtin von ihrem verstorbenen Vetter vermacht worden war. Oder war es ihre Tante?

Es war die fortdauernde Gegenwart der Vergangenheit, die diesem Raum eine ganz eigene intime Atmosphäre verlieh. Jetzt, da die Verbindung zur Vergangenheit durchtrennt worden ist, ist er leer und bedeutungslos geworden. Ich fröstle plötzlich. Ich muß mich auf dem Hausboot erkältet haben. Sobald der Raum warm geworden ist, werde ich mich auskleiden, meinen Bademantel anziehen und in der Kabine auf dem Treppenabsatz lang und heiß duschen. Danach werde ich den Wecker auf Viertel vor eins stellen und ins Bett gehen. Sieben Stunden fester Schlaf.

Ich dusche heiß und lange, und ich schlafe sieben Stunden ohne Träume. Doch als der Wecker klingelt, stelle ich fest, daß ich dumpfe Kopfschmerzen habe und mein ganzer Körper sich so steif und zerschlagen anfühlt, daß ich bezweifle, ob ich aufstehen kann. Nach einigen vergeblichen Versuchen stehe ich trotzdem auf, stelle das Radio an und hole meinen Medizinkasten aus dem Schrank. Völlig entkleidet ziehe ich den Stuhl dicht an den Ofen, der nun rotglühend brennt. Ich beginne Salbe auf die verschiedenen Prellungen und Wunden, mit denen mein Körper bedeckt ist, zu verteilen, während die Nachrichtensendung läuft. Als die Polizeimeldungen kommen, halte ich inne, um zu lauschen. Gleich darauf höre ich:

Die Beamten der Morgenschicht fanden eine ungewöhnlich große Menge illegaler Drogen bei einem Argentinier namens M. F., der sich in einer Herberge im Hafenviertel aufhielt. Die Drogen waren in Havannazigarren versteckt, die einzeln in Aluminiumröhrchen und in vier Kisten zu je fünfzig Stück verpackt waren. Es wird vermutet, daß die Drogen einem ausländischen Schmugglerring gehören und für den Mittleren Osten bestimmt waren. Die Polizei hält besagten M. F. fest, um ihn zu verhören.

Es folgt eine Liste minderer Vergehen und kleinerer Diebstähle, und ich konzentriere mich auf meine schmerzenden Rippen. Ich scheine nicht ernsthaft verletzt zu sein. Ich bin ziemlich zäh. Hauptmann Uyeda sagte das, und er wußte, wovon er sprach. Es ist mein emotionales Leben, das schwach und durcheinander ist. Schwach und durcheinander war, sollte ich vielleicht besser sagen. Ich spitze meine Ohren wieder. Der Sprecher berichtet mit seiner üblichen freundlichen Stimme lokale Unfälle und Ereignisse. Die Nachricht, auf die ich warte, ist kurz und sachlich:

Wenige Stunden vor Tagesanbruch geriet ein am Ende der Nieuwevaart festgemachtes Hausboot in Brand. Es gab eine schwere Explosion, und obgleich die Feuerwehr in bemerkenswert kurzer Zeit eintraf, konnte sie nicht verhindern, daß das Boot vollständig ausbrannte. Es wird vermutet, daß sich zur Zeit des Unglücks niemand an Bord befand, aber die Untersuchung ist noch nicht abgeschlossen. Das Boot war auf den Namen Dr. Armand Klaussner, ägyptischer Staatsbürger, registriert, gegenwärtiger Aufenthaltsort unbekannt.

Der Sprecher buchstabiert den Namen und bittet dann besagten Dr. Klaussner, sich so bald wie möglich mit einer namhaften Versicherungsgesellschaft in Verbindung zu setzen. Mit einem Seufzer der Befriedigung stehe ich auf und stelle das Radio ab.

Ich ziehe mich rasch an und gehe nach unten. Meine Wirtin ist am Telefon und führt ein kompliziertes Gespräch mit der Metzgerei. Schließlich hängt sie ein und teilt mir mit, daß es zum Mittagessen ein leckeres Schweinekotelett gibt. Nachdem sie gemächlich in die Küche gegangen ist, wähle ich die Nummer der Firma Nivas und bitte den Burschen, der das Gespräch annimmt, höflich, Herrn Winter aus seinem Zimmer im Kellergeschoß zu rufen. Nach ein oder zwei Minuten höre ich Berts Stimme. Er erkundigt sich ernst, wer am Apparat ist.

»Hendriks«, sage ich. »Ich habe eine Verabredung mit Eveline auf dem Dam, um Viertel vor zwei. Würden Sie ihr bitte ausrichten, daß mir etwas dazwischengekommen ist und daß ich es nicht schaffe? Sie finden sie auf dem Dam, vor dem Kriegerdenkmal. Um Viertel vor zwei. Sagen Sie ihr doch bitte, daß es mir leid tut und daß ich ihr viel Glück wünsche. Nein, sie verläßt Amsterdam nicht. Ja, es geht ihr gut. Aber sie hat schließlich entdeckt, daß Feigel ein gemeiner Kerl ist, und sie ist ein bißchen erschöpft. Bringen Sie sie dazu, einen Arzt aufzusuchen.« Ich gebe ihm die Anschrift des Neurologen, die ich an der Wand notiert habe. Eveline wird den Hinweis verstehen. Sie kann Bert später alles erzählen. Nach ein paar Jahren vielleicht. »Was sagten Sie? Oh, ich bin ihr einmal im ›Chez Claude‹ begegnet. Hendriks ist mein Name. Ja, Viertel vor zwei. Wenn sie um zwei nicht da sein sollte, rufen Sie mich doch bitte an.« Ich gebe ihm meine Nummer und hänge auf. Dann wähle ich die Nummer meines Büros. Die Gegenwart ist ausgelöscht und die Zukunft für ungültig erklärt, doch das Alltagsleben geht weiter. Ich sage dem Bürovorsteher, daß ich mit einer starken Erkältung aufgewacht bin, aber versuchen würde, später am Nachmittag zu kommen.

Ich gehe wieder in mein Zimmer hoch, lege mich angekleidet, wie ich bin, aufs Bett und stelle das Radio ganz leise ein. Es gibt ein gutes Konzert, und ich lausche mit leerem Kopf. Um Viertel nach zwei ist das Stück zu Ende. Ich stelle das Radio ab. Bert hat nicht angerufen, also ist auch meine Aufgabe beendet.

Ich stehe auf, fülle den Kessel am Waschbecken mit Wasser und stelle ihn auf den Gaskocher. Während ich darauf warte, daß das Wasser kocht, starre ich verdrießlich das Ölgemälde an der Wand über dem Eisengestell an. Es ist ein unbeholfenes Stillleben, eine Vase mit zu grellen Blumen, und die Perspektive der Vase stimmt nicht. Ich hasse das Ding, aber ich würde nie den Mut aufbringen, meine Wirtin zu bitten, es abzuhängen, denn es wurde ihr, zusammen mit dem plumpen Kleiderschrank, von ihrem toten Vetter vermacht. Oder von ihrer Tante. Ich sage mir, daß ich mir als erstes eine Tasse guten starken Tee und dann ein paar Scheiben Toast machen werde.

Es ist, als ob ich jemand anderem sagen würde, diese Dinge zu tun. Ist es denn wirklich von Bedeutung, ob ich oder ein anderer Tee und Toast macht? Nein, es ist ohne Bedeutung. Denn ich existiere nicht. Ein Mann, der die Verbindung zu seiner Vergangenheit gelöst, der die Gegenwart ausgelöscht und die Zukunft für ungültig erklärt hat, ein solcher Mann existiert in der Tat nicht. Diese Überlegung ist ganz in Ordnung. Aber ich bin nicht in Ordnung. Ein schreckliches, hohles Gefühl breitet sich in meiner Brust aus.

Plötzlich sehe ich mich selbst, wie ich vor dem Gaskocher stehe, die Hände hinter dem Rücken verschränkt, die Schultern gebeugt, den Kopf vorgestreckt. Nein, das bin nicht ich. Es ist Hauptmann Uyeda. Er beugt sich über mich und wartet. Wartet, daß ich vom Gipfel des Fudschijama herabsteige. Ich kann ihn jetzt verhöhnen, diesen kleinen Mann mit den großen Brillengläsern. Ihm sagen, daß ich nicht herunterkommen werde, niemals. Daß ich den Gipfel erreicht habe und für immer die reine, stille

Luft dieser frostigen Höhe atmen werde. Und dann passiert das Merkwürdige. Im selben Augenblick, in dem ich ihm dies triumphierend mitteile, weiß ich plötzlich, daß das, was ich sage, nicht stimmt, denn ich möchte herunterkommen. Herunter vom Gipfel und zu ihm zurück. Aber ich kann Uyeda nicht mehr sehen, er ist weggegangen. Ich bin jetzt allein. Ganz allein im ewigen Schnee. Das ist die letzte Empfindung, die ich habe, ein Gefühl grenzenloser Einsamkeit. Gleich werde ich mich in die stille blaue Luft verflüchtigen und aufgehört haben zu existieren.

Ich habe Angst und will hinunter. Hinunter zu Hauptmann Uyeda, den ich gehängt habe, und zu Feigel, Achmed und Mochtar, die ich verbrannt habe. Ich wünsche mir verzweifelt, hinunter zu kommen, bevor ich mich auflöse. Denn ich will nicht allein sein, ich möchte existieren. Ich möchte ihren Schmerz und ihre Ängste teilen, denn ich bin sie, und sie sind ich. Ich sehne mich nach ihnen, ich möchte bei ihnen sein, sie sind der einzig gültige Grund für meine Existenz. Ohne sie bin ich verloren.

Und dann spüre ich, daß der ewige Schnee schmilzt.

Es wird wärmer um mich herum, warme Luft läßt den Schnee schmelzen. Sie steigt auf und streicht über meine Wangen. Der strenge azurblaue Himmel verwandelt sich in ein verschwommenes, wohltuendes Grau. Ich öffne die Augen und stoße einen tiefen Seufzer ungeheurer Erleichterung aus. Ich stehe über den Kessel gebeugt da, die Hände haltsuchend gegen die Wand gestützt. Unter dem unbeholfenen Stilleben mit den zu grellen Blumen und der Vase, deren Perspektive nicht stimmt. Der Dampf vom Kessel steigt in mein Gesicht auf.

Ich trete zurück. Und plötzlich lächle ich. Ich, Johan Hendriks, habe Hauptmann Uyeda Morisada schließlich doch noch besiegt. Ich habe ihn besiegt für immer und ewig. Weil ich mich in ihm erkannt und mich mit ihm identifiziert habe. Ein tiefes, demütiges Gefühl der Dankbarkeit breitet sich warm und tröstend in meinem ganzen Körper aus.

Ich muß jetzt mit der größten Sorgfalt vorgehen, Schritt für Schritt, damit ich dieses unglaubliche Geschenk, das mir zuteil geworden ist, nicht wieder verliere. Ich will also ganz vorsichtig und für einen Augenblick Uyedas Terminologie verwenden. Uyeda hatte, als er noch jung war, in Kioto die vollkommene Losgelöstheit des gefrorenen Gipfels erreicht; viele Jahre vor mir, der ich ihn erst an diesem Morgen auf dem Hausboot erreichte. Diese Losgelöstheit wird ›Leere‹[5] genannt, das Leersein von allem Wollen und Wünschen. Aber Uyeda war danach nicht weitergekommen und hatte über den nächsten und letzten Schritt gerätselt, ohne ihn finden zu können. Und doch ist es so einfach, alle Texte sagen es so deutlich: Nach der völligen Loslösung von der Welt muß die völlige Reidentifizierung – ›Mitleiden‹ genannt – kommen. Leere und Mitleiden, die beiden Schlüsselbegriffe, die Uyeda so gut kannte und doch nicht verstand, so wie ich die Schlüsselbegriffe meiner eigenen Welt kannte und nicht verstand. Als Uyedas Zen-Meister[6] in Kioto feststellte, daß sein Schüler die endgültige Antwort nicht zu finden vermochte, schickte er ihn fort. Aber mir wurde die Antwort an diesem neunundzwanzigsten Februar, dem geschenkten Tag, gewährt. Mir, der absichtlich fortging, und dem dennoch gestattet wurde wiederzukommen.

Der gemeinsame Nenner ist in meine Hände gelegt worden, und mit ihm wage ich mich nun an die Begriffe meiner eigenen christlichen Welt. Begriffe, die uns so vertraut sind, daß wir sie als selbstverständlich hinnehmen, sie in der gewöhnlichen Sprache sogar mißbrauchen; die tatsächlich so geläufig sind, daß es schwer, sehr schwer ist, ihre volle Bedeutung zu erkennen. Und ich staune über das grenzenlose Erbarmen, das uns, die wir es nie verdienten und nie verdienen werden, bezeugt wurde, denn seit unvordenklichen Zeiten mißbrauchen und verschwenden wir leichtfertig alles, was uns gegeben wurde, und schreien doch ständig nach mehr. Die erstaunliche Tatsache, daß es uns, in einer völlig unverdienten Gunst, immer noch gestattet ist zu existieren, ist ein unwiderlegbarer Beweis der Barmherzigkeit. Einer so überwältigenden und alles durchdringenden Barmherzigkeit, daß selbst die geringste Einsicht genügt, uns der Gnade des Glaubens teilhaftig werden zu lassen.

Effie, Lina, verzeiht mir. Verzeiht mir, daß ich euch nicht genug geliebt habe, als ihr hier wart, und daß ich ständig versucht habe, euch von dort, wo ihr jetzt seid, herabzuziehen – herab auf das Niveau meiner höchst selbstsüchtigen Sorgen. Und du, Bubu, verzeih mir, daß ich dich immer in meiner Nähe haben wollte, obwohl ich selbst dich immer gewarnt habe, dich von zu Haus zu entfernen. Verzeih mir, wie mir verziehen wurde, denn sieh mal, in einer völlig unverdienten Gunst erhielt ich die zerstörte Vergangenheit, die aufgelöste Gegenwart und die für nichtig erklärte Zukunft zurück.

Ich stelle den Gaskocher klein und gehe zum Fenster. Nachdem ich den Vorhang beiseite gezogen habe, sehe ich, daß die trübe Mittagssonne dieses Spätwinters das Grau der Straße und der Häuser in ein sanftes Beige vertieft. Ich höre das Lachen der Kinder, die auf dem Gehweg spielen, und die aufgeregten Stimmen der beiden Mädchen, die Hand in Hand vorbeigehen. Und irgendwo um die Ecke spielt eine Drehorgel eine Melodie, die ich längst vergessen hatte. Ich bin ein Teil von alledem, ein Teil dieser lebendigen Stadt, die ich liebe und in der ich nie wieder allein sein werde.

Anmerkungen

[1] Das Zitat zu Beginn des Kapitels befindet sich in der zweiten Sure des Korans, Vers 286.

[2] Jerusalem ist den Mohammedanern heilig, weil der Prophet Mohammed der Überlieferung zufolge dort gen Himmel fuhr.

[3] Das ›Kapitel des Elefanten‹ ist die 105. Sure des Korans. Die Formulierung ›Gefährten des Elefanten‹ bezieht sich auf die Äthiopier, die im Jahre 570 n. Chr. Mekka angriffen, aber durch ein Wunder vernichtet wurden.

[4] ›Mit Verlaub‹. Der Sprecher muß sich entschuldigen, bevor er das Thema der Sandalen anschneidet, weil Fußbekleidung zu den Dingen gehört, die von Arabern traditionellerweise nicht erwähnt werden. Sandalen und Schuhe werden mit unreinen Dingen und Tod assoziiert.

[5] ›Leere‹ (Sanskrit *sunyata*) und ›Mitleiden‹ (Sanskrit *karuna*) sind die beiden Schlüsselbegriffe des Tantrismus, der letzten Entwicklungsstufe des Mahayana-Buddhismus, der Zen in seiner chinesischen Anfangsphase stark beeinflußte. ›Leere‹ wird als der statische, negative Zustand vollendeten Wissens bezeichnet, der denjenigen, der ihn erlangt hat, von der Welt des Leidens trennt. ›Mitleiden‹ ist der dynamische, positive Impuls, der die Reidentifikation mit der Welt und allen lebenden Wesen bewirkt.

[6] Zen verkörpert die höchste Blüte des sino-indischen und japanischen Denkens. Es wird häufig als religiöses oder philosophisches System bezeichnet, ist aber keins von beiden. Zen ist eine Methode, Erlösung zu erlangen – eine Methode, die nicht aus Büchern, sondern nur durch das Leben selbst gelernt werden

kann. Sie gipfelt in plötzlicher Erleuchtung (chinesisch *tun-wu*, japanisch *satori*), dem Bewußtwerden einer neuen Welt äußerster Realität, wo sich alle Werte grundlegend gewandelt haben. In der Regel ist diese einzigartige Erfahrung ein zufälliges Ereignis. Der Zen-Meister kann dem Schüler jedoch helfen, indem er ihn mit einer pointierten Frage oder einer prägnanten Bemerkung, einem ›Zen-Problem‹, konfrontiert, das im Chinesischen *kung-an* (japanisch *koan*) genannt wird. Der Satz mit dem Schnee auf dem Fudschijama ist ein Beispiel für ein solches *kung-an*. Da Zen im wesentlichen eine Methode ist, ist sie universell anwendbar. In diesem Roman bildet sie die Brücke, über die der Protagonist zu seinem eigenen Glauben zurückkehrt. Eine ausgezeichnete Einführung in Zen bietet Alan W. Watts, *The Spirit of Zen*, John Murray, London 1955.

Die Zeichnung auf S. 136 wurde vom vollkommensten *Yantra* (mystisches Diagramm) des Yoga-Systems, dem sogenannten *Shri-yantra*, inspiriert. Vgl. Tafel 36 in Heinrich Zimmer, *Myths and Symbols of Indian Art and Civilization*, New York 1947 (The Bollingen Series Bd. VI).

Den Haag, Januar 1963 *Robert van Gulik*

Nachwort

Dr. Robert van Gulik ist hauptsächlich als Verfasser seiner ›chinesischen‹ Romane bekannt, einer Serie von siebzehn kürzeren und längeren Thrillern mit der Figur des Richters Di, einem Bezirksvorsteher der Tang-Dynastie (618–907). Van Gulik, ein brillanter und international berühmter Sinologe, lebte von 1910 bis 1967. Er studierte an den Universitäten von Leiden und Utrecht Fernöstliche Literatur und promovierte im Alter von vierundzwanzig Jahren mit der Dissertation *Hayagriva, the Matrayanic Aspect of the Horsecult in China and Japan*. Ein höchst ungewöhnlicher Gelehrter hatte die Bühne betreten, er sprach fließend viele moderne und alte Sprachen, interessierte sich für Jura, Medizin, Musik, Kunst, Geschichte und das Bizarre. Gelehrte führen oft ein abgeschiedenes, schreibtischgebundenes Leben an Universitäten. Van Gulik zog die Bewegung vor; er wurde Diplomat und vertrat die Niederlande in Ostafrika, Ägypten, Indien, China, den USA, dem Libanon, Malaysia und, zu Beginn und am Ende seiner Karriere, in Japan. Er wurde in Holland geboren und starb dort. Als Schüler und Student und später als hoher Beamter des Außenministeriums verbrachte er zwischendurch immer wieder einige Zeit in seiner Heimat.

Eine sorgfältige Lektüre seiner Bücher zeigt, daß China und alles Chinesische van Guliks Hauptinteresse waren. Die Richter-Di-Romane, die auf Fällen alter Lehrbücher zur Unterweisung kaiserlicher Richter basieren, sind Meisterwerke sorgfältig rekonstruierter lebendiger Geschichte. Die Di-Romane wurden ihrerseits zu eigenständigen, von der Universität von Chicago herausgegebenen Lehrbüchern, aber das Material ist so spannend, daß alle Bücher der Serie heute, dreißig Jahre nachdem sie geschrieben wurden, in den meisten kommerziellen Buchhandlungen erhältlich sind.

›Ich bin Di‹ konnte man van Gulik sagen hören, wenn er sich, gelangweilt von den modischen Cocktailparties der Diplomaten, in die Gesellschaft literarischer Freunde zurückzog. Und vielleicht war er es. Chinesische Gelehrte betrachteten den hochgewachsenen, breitschultrigen Ausländer, der – so behaupteten seine Zeitgenossen – ein bißchen ›wie ein intellektueller Freibeuter‹ aussah, als Reinkarnation eines der ihren, verziehen ihm seinen schweren holländischen Akzent und nannten ihn Kao Lopei, ein Schriftstellername, den van Gulik in der Folge für seine vielen chinesischen Publikationen verwandte.

Wir alle tragen verschiedene Masken. Das griechische Wort für Maske ist *persona*. Je mehr wir uns entwickeln, um so mehr Masken können wir benutzen, um uns dahinter zu verbergen. Van Gulik nahm auch eine arabische Persönlichkeit an und lernte die Sprache, während er als Gastprofessor an der Universität von Beirut unterrichtete. Er studierte den Koran, genoß die geistige und gelehrte Gesellschaft backenbärtiger Scheichs, schlenderte durch die Bazare, belauschte auf den Terrassen der Kaffeehäuser Gespräche und fand, wie es seine Gewohnheit war, kleine Druckereien, wo er half (er liebte es, seine Hände mit Druckerschwärze zu beflecken), einige seiner Schriften zu veröffentlichen.

Um die ihm zur Verfügung stehende Zeit zu strecken, brachte er es fertig, mit wenig Schlaf auszukommen, und studierte des Nachts, während er tagsüber arbeitete und beobachtete.

In China und Japan drang van Gulik in die Geheimnisse des Zen und des Taoismus ein, wobei er klösterlichen Beschränkungen und dem unwissenden Geschwafel gieriger Gurus aus dem Weg ging. In den Vereinigten Staaten besuchte er Bibliotheken und Museen und machte sich den enormen gespeicherten Reichtum eines gutorganisierten und mächtigen Landes zunutze. In Malaysia bereiste er das Inland, und in Indien blieb er oft wochenlang verschollen, beschäftigt mit halbprivaten Missionen, die seine Vorgesetzten, die ihm nicht das Wasser reichen konnten, in Wut versetzten.

Van Gulik schrieb über die chinesische siebensaitige Laute (die er spielte), Gibbonaffen (die er hielt), chinesische Malerei (die er sammelte) und das Sexualleben der alten Chinesen (nach Zeugnissen aus Literatur und Kunst). Seine Hauptarbeiten wurden von den Verlagen berühmter Universitäten gedruckt.

Was hat er also in jenen kuriosen, gewöhnlich primitiv ausgerüsteten Druckerläden selbst noch veröffentlicht? Kurzgeschichten, die van Gulik ordentlich gebunden zu Neujahr verschenkte, erotische Erzählungen, die er besonderen Freunden zukommen ließ, Aufsätze, die er an Bibliotheken verteilte, und einen vollständigen Roman, ›Der geschenkte Tag‹.

›Der geschenkte Tag‹ ist ein besonderes Buch, das zwischen den mannigfachen wissenschaftlichen Arbeiten, die aus van Guliks Feder strömten, entstand und eine besondere Eigenschaft seines eigenen Charakters behandelt, sein Holländertum, den unbedeutenderen Aspekt einer vielseitigen Persönlichkeit, erzeugt durch Gene, die er von den leiblichen Eltern erhielt. Van Gulik identifiziert sich dieses eine Mal mit einem Landsmann, dem Herrn Hendriks, dem wir auf den vorangehenden Seiten gefolgt sind.

Van Gulik schrieb und veröffentlichte diesen Roman, der in Amsterdam spielt, 1964, drei Jahre vor seinem Tod. Die englische Version kam in Kuala Lumpur als Privatdruck heraus. Er war dort Botschafter gewesen und dabei, noch höher zu steigen. Als er starb, war er Botschafter in Japan, ein geschätzter Posten in der heutigen Diplomatie – denn ist Japan nicht ein Schlüsselfaktor in der gegenseitigen Entwicklung von Osten und Westen? Aber war Japan nicht auch eine Quelle des Bösen, vor nicht allzu langer Zeit? Van Gulik befand sich in Japan, als der 2. Weltkrieg ausbrach, sah die Auswirkungen des heimtückischen Überfalls auf Pearl Harbour, erlebte den faschistischen Egoismus, der seine Gastgeber korrumpierte, siedelte nach China über, wo, in Tschungking, Zero-Flugzeuge Zivilisten bombardierten und beschossen. Japan verursachte tägliches Chaos in van Guliks Leben, während endloser Jahre, in denen er wenig offizielle Arbeit tun konnte. Er beschäftigte sich in Luftschutzbunkern, in chinesischer Kleidung, denn seine eigene Garderobe war verbrannt. Van Gulik verwandelte sich in einen orientalischen Gelehrten, wenn er kein Diplomat war, und sichtete chinesische Papiersorten, während er gleichzeitig lernte, Rollbilder aufzuziehen. Aber da war noch eine andere Seite seiner Persönlichkeit: Er war auch Holländer.

Holländer wurden in Ostindien vom Eindringling gefoltert, von Supermännern zu Sklaven gemacht und in Lagern beständiger Demütigung ausgesetzt. Van Gulik hätte *dort* sein können, wie viele seiner Verwandten und Freunde. Er verbrachte als Kind acht Jahre auf Java, lernte dort Malaiisch, Javanisch und Chinesisch und vervollkommnete sein Niederländisch in der Grundschule.

Wer ist Herr Hendriks? Eine ziemlich stereotype, in den Nachkriegs-Niederlanden wohlbekannte Gestalt. Der Mann, der im Tiefland, im früheren, an die Nordsee grenzenden und seitdem hinter Deichen gesicherten Sumpf geboren ist, der sich pflichtbewußt für den Beamtenstand in den Kolonien ausbilden läßt, eifrig eine Karriere in den Tropen verfolgt, alles verliert, repatriiert wird und sein Leben in grauer Verzweiflung fristet. Van Gulik treibt seine Musterfigur bis an ihre Grenzen. Die bemitleidenswerte, gebeugte Gestalt hat keine Familie mehr, sie hat sogar die Geliebte verloren und alle Hoffnung auf die Zukunft. Es ist ein Wunder, daß Hendriks es schafft, morgens aufzustehen, einen langweiligen Arbeitstag hinter sich zu bringen und weder dem zerstörerischen Trost des ›Schiedamer‹ zu verfallen noch der Karikatur der Zuneigung, die geschmacklos aufgeputzte Damen in neonbeleuchteten Fenstern in allen holländischen Städten so freizügig zur Schau stellen.

Van Gulik war, selbst in seinem schwächsten Aspekt, ein hoffnungsvoller Mensch, denn er läßt seinem Helden einen potentiellen Ausweg, die große Gabe, die der Osten allen Abendländern anbietet: die Verwirklichung der Loslösung. Nicht, daß Hendriks wüßte, was kommt, aber die Möglichkeit entwickelt sich im Laufe des Romans.

Die meisten Menschen gewinnen in bestimmten Phasen ihres Lebens und verlieren in anderen. Van Gulik war überwiegend ein Gewinner. Als Diplomat stieg er in den Rang des Botschafters eines wichtigen Landes auf. Als Gelehrter errang er internationale Anerkennung, war ein willkommener Gast an berühmten Universitäten, wurde unter dem Applaus seiner Kollegen eine Autorität auf vielen Gebieten. Als Romancier gewann van Gulik weltweiten Beifall. Seine eigenen chinesischen und japanischen Versionen der Richter-Di-Romane verkauften sich gut, was die bemerkenswerte Authentizität seiner Bücher bewies. Die Rezensionen in den Zeitungen überall auf der Welt waren positiv und bewundernd. Ihm wurden Anerkennung und Achtung zuteil, wohin er auch ging. Seine Exzellenz in einer chauffeurgesteuerten Limousine, von der Königin ausgezeichnet und zum Ritter geschlagen, Bezieher eines steuerfreien Einkommens, in Palästen zu Hause, Vater von vier intelligenten und zielstrebigen Kindern, was könnte sich unser Protagonist außerdem wünschen?

Da gab es noch den Herrn Hendriks. Wenn van Gulik in Den Haag lebte, wanderte er durch die kalten, nassen Straßen und trank Gin in billigen Cafés, wo ihn niemand kannte. Hendriks zeigte sich wahrscheinlich nur in seltenen Augenblicken, aber so ergeht es uns allen, wir werden Teil unserer Umgebung, werden mit dem Karma konfrontiert, den Folgen dessen, was unser Volk als Ganzes getan hat in der Vergangenheit, auf die sich die Zukunft gründet. Gruppenkarma, ebenso wie die Folgen individueller Taten, kann viel Schmerz verursachen. Es gibt keinen Weg, diesem Schmerz auszuweichen. Hendriks verlor seinen Beruf und seine Familie, und es ist wenig mehr übrig als ein schwitzender Leib in einem durchnäßten Regenmantel und das kurzlebige Brennen einiger Gins pro Tag, hastig getrunken in der Gesellschaft teilnahmsloser anderer. Wenn nun aus van Gulik ein weiterer Herr Hendriks geworden wäre? Das hätte leicht passieren können, das war einigen seiner Kollegen, mit denen er in den zwanziger und dreißiger Jahren seine Laufbahn begonnen hatte, tatsächlich passiert. Wäre er dann einer nationalen und privaten Katastrophe erlegen? Wäre er ein halbes Wrack geworden, sich mühsam durch nutzlose Tage schlagend? Hat auch das Leben eines Verlierers einen Sinn? Lektionen, die gelernt werden müssen, damit der Geist sich emporschwingen kann?

Van Gulik nahm die Herausforderung an und schrieb diesen einen Roman, der sich so vollständig von seinem übrigen Werk abzuheben scheint.

›Der geschenkte Tag‹ kann wie ein weiterer spannender Kriminalroman gelesen werden. Die Handlung ist ereignisreich und entwickelt sich ziemlich rasch; es gibt mehrere Bösewichter, von denen einige ein spektakuläres böses Ende finden, der Rest wird verhaftet. Wir begegnen sinnlicher weiblicher Grazie und erleben eine ausgedehnte, raffinierte Jagd in exotischer Umgebung. Der Gute gewinnt. Aber tut er das wirklich? Herr Hendriks überquert die Ziellinie so, wie er an den Start gegangen ist: in einer schäbigen Wohnung, in schlechter gesundheitlicher Verfassung und mit demselben langweiligen Job. Wie kann man gewinnen, wenn sich das Schicksal nicht verbessert? Wir Abendländer müssen etwas erreichen, wenn nicht, haben wir versagt. Also hat Hendriks versagt.

Aber hat er das? Zu van Guliks Zeit hatte der Westen noch kaum etwas von *Koans* gehört, jenen a-logischen Fragen, die Zen-Meister stellen und die so konstruiert sind, daß sie die allgegenwärtige Dualität durchdringen, mit der der Westen zu leben gelernt hat. *Bringe den Schnee auf dem Fudschijama zum Schmelzen,* befiehlt Hendriks' japanischer Folterknecht, der Hauptmann der Militärpolizei. Wie töricht, kann ewiger Schnee jemals verschwinden?

Niemand hatte bis dahin von den Grenzerfahrungen gehört, die die moderne Psychologie heute untersucht, und auch nicht vom höchsten Ziel, das Ego zu überwinden, wodurch Gelassenheit und Distanz an die Stelle des Selbst treten.

Auch Herr Hendriks hätte nichts davon gewußt, wenn das Schicksal nicht seine Ignoranz und seinen Widerstand vernichtet hätte. Er löste das Koan nicht im Gefangenenlager, und sein Dämon, ein ehemaliger Zen-Schüler, hatte es auch nicht gelöst. Der Bösewicht gibt die Frage an sein Opfer weiter, bevor er selbst als Kriegsverbrecher angeklagt und gehängt wird. Hendriks setzt die menschliche Suche fort. Er hat gelernt zu geben, anstatt zu nehmen. Er mußte viel geben in Java, wo er sein Heim und seine Freiheit verlor. Beginnt er nach seiner Befreiung wieder zu nehmen? Nein, er verhält sich neutral und wartet ab, was das Schicksal noch mit ihm vorhaben mag. Und als sich andere Alternativen ergeben und ihm Sieg anbieten, verzichtet Hendriks und gewinnt Seelenfrieden.

Hier ist eine weitere Dimension in ›Der geschenkte Tag‹. Van Gulik testet sich unter Umständen, die nicht eingetreten sind, die er sich aber gut vorstellen konnte. Er verbirgt sich nicht länger hinter der Maske seines anderen Helden, des großen Richters Di, eines Repräsentanten der Tang-Dynastie, der die Turbulenzen seiner Zeit durchlebte und Staatsmann am Hof der schrecklichen Kaiserin Wu wurde, wo es ihm gelang, ihre pervertierte Herrschaft zu neutralisieren, damit das chinesische Volk ein zufriedenes Leben zu führen vermochte. Auch die Masken des würdevollen Botschafters, des gefeierten Gelehrten und des populären Romanautors ließ van Gulik fallen.

›Der geschenkte Tag‹ überraschte die Kritiker, und die meisten urteilten scharf. Sie konnten nicht verstehen, was der Autor im Sinn gehabt hatte, und verbannten das Buch rachsüchtig auf den Abfallhaufen.

Van Gulik starb an Lungenkrebs, einer Krankheit, die bereits an seinen Kräften zehrte, als er ›Der geschenkte Tag‹ schrieb, weshalb Hendriks gelegentlich hustet und fröstelt. Van Gulik zögerte seinen letzten Versuch der Selbstanalyse hinaus, aber die Zeit lief ihm davon. Im Text sind Anzeichen dafür zu erkennen, daß er den Details weniger Aufmerksamkeit schenkte als in seinen anderen Büchern. Er veränderte sogar den Stil seiner Illustrationen, indem er die Linienführung der Figuren abstrahierte im Gegensatz zu den fließenden Zeichnungen des chinesischen Ming-Stils, der van Guliks bildnerische Darstellungen so lange beeinflußt hatte. Außerdem machte er von seinen Korankenntnissen Gebrauch und von seinem Wissen um das abstrakte arabische Denken, das Hendriks' Feinden des Augenblicks, verlorenen und durch Perversion irregeleiteten Seelen, Leben verleiht.

Ich verteilte einige Kopien des Manuskripts an amerikanische Freunde, die überwiegend enttäuscht waren. Sie erwarteten einen weiteren chinesischen Thriller mit einem Richter, der die Ärmel schüttelt, einem offensichtlich erleuchteten Mann, der das Böse vernichtet mit Hilfe von Assistenten, die die verschiedenen Seiten jener praktischen und positiven Einstellung verkörpern, die mehr als vier Jahrtausende lang das Überleben Chinas gewährleistet hat. Die Macht der Gewohnheit. Mehr vom selben. Wenn wir etwas entdecken, was uns gefällt, verlangen wir endlose Wiederholungen. Die künstlerische Entwicklung jedoch ist dem Wandel unterworfen. Picasso malte jahrelang, dann versuchte er, Töpfe zu backen. Gillespie ließ die traditionellen Jazzstrukturen fallen und wandte sich dem Bop zu. Wir machen es ähnlich; endlose Jahre folgen wir einer vorgegebenen und erfolgreichen Richtung, bis uns eine Krise umschwenken läßt. Was wir danach tun, ist von anderen unter Umständen nicht leicht zu verstehen oder zu würdigen.

Van Gulik ändert seine Melodie, aber ein Teil seiner früheren Motivation bleibt erhalten. Das Zen-Koan taucht auch in den Di-Romanen auf, aber van Gulik arbeitete nie eines so vollständig heraus wie in ›Der geschenkte Tag‹. Das Wasser in Hendriks' Teekessel kocht, und das Eis auf dem Fudschijama schmilzt. Hendriks bringt seine eigene Schale zum Schmelzen und erkennt die Antwort auf die menschliche Frage. Warum? Aus keinem Grund. Wie? So gut man kann.

Auch Richter Di hat das erkannt, wohlverborgen in den Ritzen und Spalten von van Guliks ›normalen‹ Kriminalromanen. Richter Di trug das enge geistige Korsett der konfuzianischen Verhaltensregeln. Mit der buddhistischen Verschwommenheit oder der Negation des Tao wollte er nichts zu tun haben; er bestand auf Ordnung und verabscheute unpraktische Philosophie. Aber der Richter hatte auch seine schwachen Momente. In ›Der Wandschirm aus rotem Lack‹ (detebe 21867) zitiert van Gulik ein buddhistisches Gedicht und läßt es Di lesen und seinen Kontext bewundern:

Geboren werden bedeutet Leiden und Schmerzen
Leben bedeutet Leiden und Schmerzen
Sterben und nie mehr wiedergeboren werden
ist die einzige Erlösung aus Leiden und Schmerzen

Ein trauriges Gedicht? Selbst Richter Di war nicht dieser Meinung, denn was hier stirbt, ist das Selbst, der beengende Blickwinkel, aus dem wir betrachten, was vor sich zu gehen scheint. So wie Hendriks' Selbst starb, als das Teewasser kochte.

Der vorliegende Roman wurde nie in viele Sprachen übersetzt wie van Guliks andere Bücher. Die niederländische Version erschien kurz, bis vernichtende Kritiken sie hinwegfegten, und die englische Fassung, privat in Malaysia gedruckt, gelangte nie in den Handel.

Die Mugar Memorial Library in Cambridge, Massachusetts, beherbergt eine Sammlung von Papieren, die van Gulik hinterlassen hat. Einer der blauen Pappkartons enthält zahlreiche aus dem Chinesischen und Japanischen übersetzte Gedichte.

> *Wenn ich sterbe*
> *Wer wird dann um mich trauern?*
> *Nur die schwarzen Krähen aus den Bergen*
> *Werden um mich trauern.*
> *Aber die Krähen, die aus den Bergen kommen*
> *Trauern auch nicht um mich:*
> *Sie trauern um das unerreichbare Opfergebäck*
> *Auf meinem Totenaltar.*

Vielleicht werden die Krähen schließlich doch nicht enttäuscht sein, vorausgesetzt, sie machen von einem anderen Hinweis Gebrauch, den van Gulik übersetzte – wenn sie durch den Spalt schlüpfen, der sich in dem Zwang verbirgt, zwischen diesem oder jenem zu wählen.

> *Man kann nicht sagen, daß das Tao existiert,*
> *Man kann nicht sagen, daß das Tao nicht existiert,*
> *Aber man kann es in der Stille finden,*
> *Im wu-wei.*

Winter 1983, Maine, USA *Janwillem van de Wetering*

Janwillem van de Wetering
Robert van Gulik
Ein Leben mit
Richter Di

Aus dem Amerikanischen
von Klaus Schomburg. Mit vielen Illustrationen, Fotos,
detailliertem Werkverzeichnis und
ausführlicher Chronologie

Der weltberühmte Krimiautor Janwillem van de Wetering über sein großes Vorbild Robert van Gulik: »Ein Wissenschaftler, genauer gesagt ein Sinologe, der sich sowohl für mittelalterliche Rechtsprechung wie für das Sexualleben der alten Chinesen interessiert; ein brillanter Linguist und Sprachforscher, der mindestens ein Dutzend Sprachen beherrscht; ein Musiker, der die anspruchsvolle siebensaitige chinesische Laute spielt; ein holländischer Künstler, der Bücher illustriert und mit seiner kunstvollen Kalligraphie sogar seine asiatischen Freunde beeindruckt; ein humorvoller Familienvater, der sich auch mit seinen nichtmenschlichen Hausgenossen, den Gibbons, blendend unterhält; ein Diplomat, der seine Karriere mit einem Botschafterposten in Japan krönt; ein Krimiautor, der siebzehn erfolgreiche Romane schrieb: Wer sind diese sieben hervorragenden Persönlichkeiten? Die Rede ist nur von einem einzigen erstaunlichen Mann, Dr. Robert Hans van Gulik, Autor der berühmten Richter-Di-Romane.«

Dieses Buch ist weniger eine simple Biographie als vielmehr ein vielschichtiges spannendes Gewebe aus Fakten und Spekulationen, Episoden und Begegnungen: Janwillem van de Weterings persönliche Hommage an sein großes Vorbild.

»Mögen Richter Di und sein Autor van Gulik zehntausend Jahre leben!« *Frankfurter Rundschau*

*Robert van Gulik
im Diogenes Verlag*

Kriminalfälle des Richters Di,
alten chinesischen Originalquellen entnommen
Mit Illustrationen des Autors im
chinesischen Holzschnittstil

Mord im Labyrinth
Roman. Aus dem Englischen von Roland Schacht. detebe 21381

Tod im Roten Pavillon
Roman. Deutsch von Gretel und Kurt Kuhn
detebe 21383

Wunder in Pu-yang?
Roman. Deutsch von Roland Schacht
detebe 21382

Halskette und Kalebasse
Roman. Deutsch von Klaus Schomburg
detebe 21519

Geisterspuk in Peng-lai
Roman. Deutsch von Irma Silzer. detebe 21622

Mord in Kanton
Roman. Deutsch von Klaus Schomburg
detebe 21623

Der Affe und der Tiger
Roman. Deutsch von Klaus Schomburg
detebe 21624

Poeten und Mörder
Roman. Deutsch von Ulrike Wasel und Klaus Timmermann. detebe 21666

Die Perle des Kaisers
Roman. Deutsch von Hans Stumpfeldt
detebe 21766

Mord nach Muster
Roman. Deutsch von Otto P. Wilck
detebe 21767

Das Phantom im Tempel
Roman. Deutsch von Klaus Schomburg
detebe 21768

*Nächtlicher Spuk im
Mönchskloster*
Roman. Deutsch von Gretel und Karl Kuhn
detebe 21866

Der Wandschirm aus rotem Lack
Roman. Deutsch von Gretel und Karl Kuhn
detebe 21867

Der See von Han-yuan
Roman. Deutsch von Klaus Schomburg
detebe 21919

Nagelprobe in Pei-tscho
Roman. Deutsch von Klaus Schomburg
detebe 21920

Richter Di bei der Arbeit
Roman. Deutsch von Klaus Schomburg
detebe 21921

»Umberto Eco stieg ins Mittelalter mit seinem Klosterkrimi *Der Name der Rose,* Richter Di lebt in der Tang-Epoche Chinas (618– 906), und dieser Magistratsbeamte im alten Reich der Mitte ist ein wahrer Sherlock Holmes!
Hast du, Leser, erst einmal am Köder des ersten Falles geschnuppert, dann hängst du auch schon rettungslos an den Haken, denn nach dem ersten Fall kommt ein zweiter und danach noch ein

dritter, und du schluckst und schluckst (mit den lesenden Augen), bis du alle Fälle verschlungen hast. Daraufhin eilst du fliegenden Fußes in die Buchhandlung, dir den nächsten Richter-Di-Roman zu besorgen, mit den nächsten Fällen. Warst du so gierig, gleich alle drei bisher erschienenen Bände hintereinander weg zu schmökern, dann wird es dir leid tun, daß noch nicht mehr deutsche Ausgaben vorliegen, weil du, auf dem Wege, ein Chinaexperte zu werden, aufgehalten wirst.*

Der niederländische Diplomat und Chinakenner Robert Hans van Gulik hatte 1949 einige Fälle des Richters Di übersetzt. Danach begann er, zum Teil gestützt auf andere klassische Kriminalberichte aus der chinesischen Literatur, eigene Geschichten um diesen legendären Beamten zu schreiben. Historie, Kultur und Lebensart der Zeit sind authentisch, Gulik beschreibt genau, aber immer fesselnd erzählend, das Leben in der chinesischen Provinzstadt Pu-yang, in der fern der Metropole von Barbaren und örtlichen Tyrannen bedrohten Grenzstadt Lan-fang und sogar in einer Art chinesischem Las Vegas, mit Glücksspielhöllen und ordentlich kontrolliertem Gunstgewerbe (da gab es vier Klassen), auf der ›Paradiesinsel‹. Der Richter ermittelt in allen Fällen selber mit seinen verwegenen Gehilfen Hung, Ma, Tschiao und Tao, er urteilt ab und muß auch schlimmstenfalls bei den allerärgsten Hinrichtungen dabei sein, das verlangt das Gesetz. Übrigens hat Gulik die Geschichten in die Ming-Ära verlegt (1368–1644), aber das macht gar nichts – die Literatenprüfungen, die in China die Beamtenlaufbahn eröffneten, waren von Beginn des 7. Jahrhunderts an bis 1905 immer genau gleich, klassische literarische Bildung mußte beherrscht werden. Das alles und noch viel mehr kriegt man hintenherum mit, wenn man bei Richter Dis Kriminalfällen zum Chinaexperten wird... Bestes Lesefutter!« *Til Radevagen / zitty, Berlin*

* dem ist nicht mehr so!

Jakob Arjouni
im Diogenes Verlag

Ein Mann, ein Mord
Ein Kayankaya-Roman. Leinen

Happy birthday, Türke!
Ein Kayankaya-Roman. detebe 21544

Mehr Bier
Ein Kayankaya-Roman. detebe 21545

»Der deutsche Schriftsteller Jakob Arjouni schreibt die besten Großstadtthriller seit Raymond Chandler. Ein großer, fantastischer Schriftsteller, der genau und planvoll und lesbar schreibt. Ja, er ist ein gnadenloser Realist – ein Glück! –, und er ist einer, der sich mühelos über den schnöden Realismus normaler Krimiautoren und Trivialschreiber hinwegsetzt, denn es zählen bei ihm nie allein Indizien, Konflikte und Fakten, sondern vielmehr sein skeptisch heiteres Menschenbild. Ihm ist es gelungen, mit seinem türkischen Privatdetektiv Kayankaya eine literarische Figur zu erschaffen, die man nie mehr vergißt. Die sich einem, wie ein alter Freund, für immer ins Gedächtnis frißt. Eine Gestalt, die es, jawohl, in der deutschen Literatur seit Oskar Matzerath nicht mehr gab. Nein, ich übertreibe nicht. Ich wollte, unsere anderen jungen Autoren würden etwas Vergleichbares schaffen.«
Maxim Biller / Tempo, Hamburg

»Der Spott des Autors und seine Lust an der Satire kennen keine Grenzen. Dieser Türke mit dem deutschen Paß schlägt nach allen Seiten aus und begrüßt seine Nachbarn im Treppenhaus nur noch mit einem fröhlichen Heil Hitler. Er tut es für uns alle. Kemal Kayankaya ist wirklich der richtige Mann zur rechten Zeit.«
Robin Detje / Die Zeit, Hamburg